N

Nadine Monfils est l'auteur d'une soixantaine de romans dont la série à succès *Monsieur* et *Les enquêtes de la brigade meurtrière*, parus aux Éditions Gallimard, elle est également cinéaste. Elle a écrit et réalisé *Madame Édouard*, adapté du premier tome de sa série avec le commissaire Léon, un flic qui tricote en cachette depuis qu'il a arrêté de fumer… incarné par Michel Blanc. On y retrouve également Didier Bourdon, Josiane Balasko, Dominique Lavanant, Annie Cordy, Bouli Lanners, Andréa Ferreol, Rufus… avec une musique originale de Benabar. Chez Belfond, elle a publié *Babylone Dream* (2007), prix Polar de Cognac, *Nickel Blues* (2008), prix des Lycéens de Bourgogne (décerné par 3 000 élèves), *Tequila frappée* (2009) et *Coco givrée* (2010), prix de la Ville de Limoges. Elle est aussi l'auteur d'une saga avec Mémé Cornemuse, une infernale vieille bique amoureuse de JCVD, dans *Les Vacances d'un serial killer* (2011), grand succès de librairie, *La Petite Fêlée aux allumettes* (2012), *La vieille qui voulait tuer le bon Dieu* (2013, prix du public de Saint-Maur en poche), *Mémé goes to Hollywood* (2014) et *Maboul Kitchen* (2015). Après avoir été introuvables durant des années, *Les Enquêtes du Commissaire Léon* – qui furent parrainées par Frédéric Dard – sont à nouveau publiées par Belfond depuis 2012. Tous ses livres sont réédités chez Pocket. En mars 2016 a paru chez Fleuve Éditions *Elvis Cadillac – King from Charleroi*, le premier volume d'une nouvelle série déjantée.

Retrouvez toute l'actualité de l'auteur sur :
www.nadinemonfils.com

TEQUILA FRAPPÉE

DU MÊME AUTEUR
CHEZ POCKET

NICKEL BLUES
BABYLONE DREAM
TEQUILA FRAPPÉE

Et dans la série

MÉMÉ CORNEMUSE

LES VACANCES D'UN SERIAL KILLER
LA PETITE FÊLÉE AUX ALLUMETTES
LA VIEILLE QUI VOULAIT TUER LE BON DIEU
MÉMÉ GOES TO HOLLYWOOD

Et dans la série

LES ENQUÊTES DU
COMMISSAIRE LÉON

MADAME ÉDOUARD
LA NUIT DES COQUELICOTS

NADINE MONFILS

TEQUILA FRAPPÉE

belfond

place
des
éditeurs

© 2009, Belfond, un département de
ISBN : 978-2-266-23594-5

À ma petite chienne Cannelle,
qui applaudit…

« Tout ce que nous ne voyons pas
cache quelque chose d'autre. »

René Magritte

1

Il pleuvait des pétales de roses.

Cramponnée au volant de sa Studebaker, Alice fit marcher ses essuie-glaces. Des hélicoptères lâchaient des pétales de toutes les couleurs. Les toits des maisons, les arbres et les rues de Pandore semblaient sortir d'un livre l'images. Un goût de processions d'autrefois, quand les saints sortaient encore de leur niche pour faire croire aux gens que Dieu existe. Une idée du maire qui avait décrété qu'une fois par an, ce serait la fête des rêves.

Alice détestait les fêtes. Ça lui filait le cafard. Sa mère l'avait abandonnée le jour de son cinquième anniversaire, et depuis, elle avait soufflé les bougies pour toujours.

Peu à peu, le ciel s'obscurcit et une pluie fine se mêla aux fleurs roses, formant une bouillie sur le pare-brise. *Les rêves ne durent jamais longtemps*, pensa la jeune femme en arrivant devant chez elle. Sa villa ressemblait aux autres dans ce quartier résidentiel où chaque chose était à sa place. Petit parterre bien entretenu, murs blancs, volets bruns ou verts, grosse voiture et bonheur tranquille accroché aux fenêtres. Un paradis pour âmes frileuses.

Elle se gara sur le trottoir d'en face. Au fil du temps, son garage était devenu un débarras rempli de choses inutiles dont Luc, son mari, ne voulait pas se défaire.

Comme tous les samedis après-midi, le voisin tondait sa pelouse. Quand il vit débarquer Alice chargée de paquets, il arrêta sa tondeuse et se précipita à sa rencontre. Il avait toujours été serviable. Du moins avec elle. Luc le soupçonnait d'être secrètement amoureux de sa femme. À trente-cinq ans, elle avait encore des allures de petite fille et une fraîcheur qui la rendait très attirante. Elle secoua ses longs cheveux blonds et tira la langue pour savourer les quelques gouttes de pluie.

— Laissez, je vais vous aider, proposa le voisin.

— Je ne voudrais pas vous déranger…

— Oh, de toute façon, j'allais arrêter. Maintenant qu'il pleut…

— La porte d'entrée est ouverte, fit Alice. Mon mari est là.

Tandis que son voisin avançait vers le porche, elle continua à vider son coffre. Au moment où il poussa la porte, le ciel se déchira, cracha des éclairs rouges dans un bruit de fin du monde et vomit des lambeaux de chair humaine partout autour de la villa dont il ne resterait bientôt plus que des murs édentés. L'explosion avait déchiqueté les rêves de cette journée particulière où les pétales étaient devenus sanglants.

Propulsée dans le fossé par la déflagration, Alice regarda l'enfer saccager sa vie. Elle connaissait son odeur. Elle avait grandi dans les flammes.

2

Autrefois, l'inspecteur Lynch aurait savouré son apéro, confortablement installé dans son vieux fauteuil en cuir. Il aimait le contact des accoudoirs et les caressait souvent en pensant à son grand-père qui avait fini sa vie assis là. Un peu comme si le vieil homme, là-haut dans les étoiles, ressentait toute cette tendresse. À la mort de leur mère – très tôt emportée par le crabe –, c'est lui qui s'était occupé de Lynch et de son frère Franky. Aucun souvenir du paternel. On n'en parlait jamais à la maison. Il planait toujours autour de lui une sorte de mystère. Lynch avait déversé toute son affection sur son grand-père : un original qui créait des tas de machines bizarres, complètement inutiles, mais qui devenaient des boîtes à rêves dès qu'il les mettait en marche. Mélange d'images d'Épinal et de rouages mystérieux. Quant à Franky, Lynch n'avait plus de nouvelles. Comme s'il s'était volatilisé !

Autrefois, oui, l'inspecteur aurait pu s'affaler dans son fauteuil. Mais depuis qu'il avait recueilli le clébard d'une vieille dame ayant passé l'arme à gauche, il avait été forcé de s'asseoir par terre. Au début, il avait viré la squatteuse *manu militari*. En vain ! Les chiennes sont têtues. Surtout ce genre de petite merdouille, croisement d'une saucisse et d'un plumeau avec une gueule de fox-terrier et des yeux de papillon. Ils avaient dû s'y mettre à plusieurs pour arriver à un tel résultat ! Le clébard n'était pas un cadeau. D'ailleurs, au bureau, personne n'en avait voulu tellement il puait de la gueule. L'inspecteur avait bien essayé de le refiler à Coco, sa pute préférée, mais celle-ci avait prétexté que la bestiole allait faire fuir ses clients. Et il s'était retrouvé avec une bouche d'égout sur pattes. Il avait tout fait pour éviter les câlins, léchouilles et autres effusions intempestives. Peine perdue ! Chaque fois qu'il rentrait du boulot, l'animal bondissait sur lui et le « parfumait » de ses relents à faire rougir un munster oublié sur une plage. Jusqu'au soir où il s'était passé quelque chose d'étonnant entre la chienne et son nouveau maître…

Alors qu'il s'était préparé une tequila et fouillait dans le frigo à la recherche d'un morceau de citron vert, Lynch vit son cabot sur la table, le museau dans son verre, en train de picoler. C'est qu'elle avait l'air d'aimer ça, cette couillonne ! Puis, comme d'habitude, la chienne était partie s'installer dans le fauteuil du vieux, et là, elle s'était mise à sourire… Si, si. Il l'avait vue ! Elle avait retroussé ses babines et l'avait regardé en souriant. Incroyable ! Depuis, il la surnommait Tequila. Et après chaque journée de boulot, l'inspecteur trinquait avec son toutou qui avait définitivement élu domicile dans le fauteuil. Conquis par tant de génie, son nouveau maître lui donna sa bénédiction.

Lynch glissa un DVD des *Sopranos* dans le lecteur. Connaissait tout par cœur. C'était sa came. Tony était devenu son pote et sa famille, la sienne. Faudrait bien un jour qu'il coupe le cordon…

Au moment où il alluma la télé, il tomba sur les infos. Ici, à Pandore, le spectateur avait le choix entre deux chaînes. L'une ne diffusait que les bonnes nouvelles et l'autre, tous les drames. Curieusement, cette dernière avait plus d'amateurs. Il y a toujours des gens assoiffés d'images tragiques. Les nouveaux vampires. Il était tombé par hasard sur cette chaîne où on voyait une maison en ruines dont l'explosion avait fait des dégâts considérables dans l'entourage, mais surtout un mort. Le journaliste décrivait la victime comme quelqu'un apprécié de tous – *toujours pareil quand on est clamsé*, pensa Lynch – et de très serviable. D'ailleurs, c'est ce qui lui avait coûté la vie !

— Voilà ce que c'est, dit-il tout haut, tu te casses le cul pour être aimable, et zou ! T'en crèves. Vaut mieux rester chez soi.

Ce n'était pas vraiment sa philosophie, mais il aimait être cynique. Ça lui donnait l'impression de rester jeune. À cinquante piges et quelques miettes, il luttait pour ne pas ressembler à ses collègues, déjà orientés vers l'objectif retraite. Les cons !

Ça commençait comme ça, puis ça parlait hémorroïdes, prostate et Viagra. L'inspecteur aimait son boulot, et le jour où il devrait rendre son arme, il s'installerait « détective privé » avec la fiancée de Roger Rabbit, un mélange de venin et de Betty Boop. Son idéal féminin.

Le journaliste expliqua que l'explosion était sans doute due à un court-circuit. Que vu la violence de la déflagration il était difficile de retrouver les victimes. Des enquêteurs étaient sur place et fouillaient les décombres. La femme rescapée était en état de choc, incapable de parler.

Lynch eut envie de la serrer dans ses bras et de la consoler. Elle lui rappelait vaguement quelqu'un, mais qui ? Elle avait quelque chose de perdu, comme Brigitte Fossey dans *Jeux interdits*, au temps où, petite fille, elle courait sous les bombes à la recherche de ses parents. Morts.

C'est sûr, dès demain matin il serait envoyé sur les lieux du drame. Ce n'était pas un meurtre. Juste un accident. Enquête de routine. Un truc pépère. La seule chose qui l'excitait dans cette affaire, c'était l'idée de rencontrer cette petite femme blonde. Pas tous les jours qu'on croise des fées.

Lynch se servit une autre tequila et plongea dans la piscine de Tony Soprano, avec ses canards. S'il n'avait pas été flic, il aurait pu être truand. Question d'éthique, prétendent certains. Lui pensait plutôt que c'était une question de chance. Mais pour lequel des deux ? Quand il voulut boire son verre, il se rendit compte qu'il était vide.

Roulée en boule dans le fauteuil, la chienne souriait.

3

— C'est quoi ce délire ? fulmina le commissaire divisionnaire quand Lynch débarqua au bureau. On a essayé de vous joindre toute la nuit !

— Plus de batterie, mentit l'inspecteur.

Il avait parfois envie qu'on lui foute la paix.

Qu'est-ce qui se passe de si grave ?

— Z'êtes sûrement au courant au sujet de la villa qui a explosé dans le quartier de Golconde, non ?

— Oui, j'ai vu ça à la télé. C'est un court-circuit ?

— Pas du tout. Ni une explosion de gaz. C'est un acte criminel. On a retrouvé des traces de dynamite.

Côté enquête pépère, c'était râpé ! Lynch sentit qu'il allait de nouveau plonger dans un sacré merdier. Et vu la tronche du divisionnaire, ce ne serait pas de la rigolade.

— Allez, au boulot ! gueula-t-il. Barn est déjà sur place.

Il s'en alla en claquant la porte, signe qu'il était vraiment de mauvaise humeur.

Lynch ressortit aussitôt et prit un taxi jusque sur les lieux du crime, puisqu'il s'agissait bien de ça. Il n'était pas mécontent de quitter son bureau aujourd'hui.

L'ambiance était tendue. C'est sûr qu'il devait être disponible vingt-quatre heures sur vingt-quatre, sauf que pour être en forme, il avait aussi besoin de déconnecter. Et c'est ce qu'il avait fait. Pourtant, il avait la bouche pâteuse et une brique dans le crâne. Un peu trop de tequila. Pas assez d'amour. Mais au moins il avait la paix. Pas de femme pour lui casser les pieds et le reste.

Le chauffeur de taxi, un gros chauve avec chemise au col élimé, lui lança un regard dans le rétroviseur. On sentait qu'il avait envie de papoter. L'endroit où il conduisait le flic était au centre des conversations.

— Paraît que ce serait un acte criminel, fit le chauffeur.

— Je ne sais pas, répondit Lynch, prudent.

— Si, si ! Ils l'ont annoncé à la radio. Le type qui est mort en ouvrant la porte c'est un gars qui donnait des cours d'histoire à ma fille, au lycée Ségur. Une belle saloperie !

— Ah bon ? Qu'est-ce qui vous fait dire ça ?

— Y a eu des plaintes contre lui à l'école. Paraît qu'il tripotait les gamines, ce salaud. Pensez bien que j'ai retiré ma gosse aussitôt !

— Faut faire gaffe, parfois les ados fabulent, se hasarda Lynch.

— Non mais vous vous rendez compte de ce que vous dites ? Vous avez des enfants ?

— Non, avoua l'inspecteur. Pas eu envie.

— Alors ne parlez pas de ce que vous ne connaissez pas. Ma gamine ne ment jamais.

La vôtre peut-être, mais les autres…

— Écoutez, l'une d'elles a déposé plainte pour

18

attouchements. Ce type était un vrai pervers. Et vous savez ce qui s'est passé ?

— Il a été viré.

— Pas du tout ! On l'a muté dans une autre école pour qu'il aille faire ses saloperies ailleurs. C'est pas scandaleux, ça ? Hein ?

— Si, effectivement.

Le chauffeur continua à déverser sa hargne contre le système pourri, etc. Il était remonté, le gaillard ! Lynch n'écoutait plus. Il regardait défiler le paysage, comme si c'était un film dans lequel il était acteur. Le quartier de Golconde était charmant. Une sorte de village tranquille, sans racaille ni brins d'herbe qui poussent de travers. Chacun avait son écran plat, sa grosse bagnole, son nid douillet et ses emmerdes au frigo. *Un lieu pour pétasses et trous du cul*, pensa Lynch.

Bientôt, de grandes traces noires apparurent sur les façades des belles villas qui avaient dû être immaculées. Ça faisait désordre. C'était ça, la vie. Le désordre. Du moins à l'extérieur. Dedans, valait mieux être en paix. L'inspecteur était tranquille avec lui-même depuis qu'il avait accepté sa nature : il aimait l'alcool, les pétards et les putes. Tout est là. Dans l'acceptation de ce qu'on est.

— Voilà, on est arrivés !

L'apocalypse devait ressembler un peu à ça. À peu de choses près.

Barn était dehors, sur un terrain anthracite et balisé qui avait dû ressembler à un jardinet avant de devenir le cauchemar de Tintin sur la Lune. Une Lune calcinée avec des vestiges de navette spatiale complètement cramée.

19

— Bien fait pour cette ordure, lança le chauffeur en contemplant les dégâts. J'espère qu'il ira pas tripoter les anges là-haut !

Pas de danger, pensa Lynch en le regardant s'éloigner. Les anges n'ont pas de sexe.

4

Barn tournait en rond. On aurait dit une mouche prise dans un bocal. Depuis que sa femme l'avait quitté, il était passé d'une petite vie réglée à un chaos total. De nickel, son bureau était devenu bordélique et il avait perdu son côté méticuleux. Y compris dans sa manière de mener les enquêtes, ce qui n'était pas la meilleure des choses. Lynch le sentait perdu dans cette affaire.

— Ah, content que tu sois là, fit Barn visiblement soulagé. Je ne sais pas par quel bout commencer.

— M'en doute. À voir ta tête…

Avant, il vouvoyait Lynch. Probablement parce qu'en tant qu'adjoint, il se sentait une marche en dessous. Mais depuis que l'inspecteur l'avait consolé en prenant quelques cuites mémorables avec lui au Blue Moon, et surtout après lui avoir fait rencontrer Coco, sa pute attitrée, Barn le tutoyait, signe qu'il était devenu un ami. Baiser la même femme, ça crée des liens. En plus, il lui avait fait économiser un psy !

— On a retrouvé des explosifs, dit Barn.

— Je sais.

— Et le voisin en miettes est dans le sac plastique. Ils cherchent encore des morceaux. Le puzzle n'est pas complet. Par contre, pas de traces du mari qui était à l'intérieur.

Une fourmilière de techniciens en identification criminelle fouillait les décombres. Soudain, Lynch vit surgir Nicki Sliver.

— Qu'est-ce qu'elle fait là ? s'étonna-t-il.

Nicki était profileuse et ne s'occupait que des affaires touchant aux serial killers. Rien à voir avec cette histoire-ci.

— M'en parle pas ! Elle a débarqué sans même me dire bonjour. Jamais vu quelqu'un qui avait un aussi putain de caractère.

— Faut en avoir pour faire ce métier.

— Oui, mais à ce point-là, faudrait lui donner une médaille. Heureusement qu'elle est jolie. Ça compense.

— Salut ! fit-elle en passant devant Lynch sans s'arrêter.

— Hé ! Qu'est-ce que vous fichez ici ? demanda-t-il.

— Je suis venue cueillir des champignons.

— Sûr que ça pousse bien sous les décombres, se moqua Barn.

— Je vous ferai une omelette, cria Nicki qui continuait à avancer sans se soucier des flics.

— Jamais je mangerai un truc de cette fille, assura Barn. Elle est capable de nous empoisonner.

Lynch la regardait marcher, son petit cul moulé dans un pantalon de baroudeur et ses longs cheveux bruns bouclés attachés en queue-de-cheval. Elle était bandante, certes. Mais dès qu'on s'en approchait, elle sortait ses épines. Du genre belle fleur accrochée à un cactus. Ça refroidissait les ardeurs.

— Où est la femme qui vivait ici ?

— Elle s'appelle Alice Doms et elle est retournée dans la maison de sa grand-mère, pas très loin, expliqua Barn. Elle était très choquée. Je pense qu'il vaut mieux attendre demain avant d'aller l'interroger. Y a pas le feu !

Lynch le regarda en se demandant s'il l'avait fait exprès ou si c'était involontaire. Barn avait le pompon pour débiter des jeux de mots foireux et des plaisanteries idiotes qui ne faisaient rire que lui. C'était sa manière de ne pas faire naufrage dans ce monde de dingues.

— D'autant que si on raisonne bien, continua-t-il, c'est en actionnant la poignée de la porte d'entrée que l'explosion s'est déclenchée. Et logiquement, c'est Alice qui aurait dû mourir, pas le voisin !

— Vraiment aucune trace du mari ?

— Non.

— Et si c'était lui qui avait concocté ça pour se débarrasser de sa moitié ? suggéra Barn.

— Possible…

Ils virent Nicki traverser la rue et se planter devant un arbre mal en point.

— Ah ! Ah ! Elle croit que les champignons poussent dans les platanes, se moqua Barn.

Elle retraversa la rue pour aller parler à un policier qui la suivit avec une échelle.

— P't-être un chat qui ose pas descendre, fit Barn.

— À ce propos, tu as toujours le tien ?

— Oui. C'est tout ce qui me reste depuis que les filles vivent avec leur mère…

Lynch le sentit triste. Chaque fois qu'il parlait de ses gamines, il avait une grosse boule dans la gorge. S'il avait fini par s'habituer à l'absence de sa femme, les deux fillettes lui manquaient. Lynch embraya sur le chat pour chasser les nuages.

— Toujours aussi infernale la bestiole ?

— Oui, il saute sur tout, griffe les murs, gratte les fauteuils. Une vraie teigne. Mais on s'amuse bien tous les deux. En dehors de ça, il est câlin. Y supporte pas les autres gens, c'est tout.

— Un peu comme Nicki…

Ils la virent rappliquer avec un sac plastique contenant quelque chose.

— Une amanite phalloïde, rigola Barn.

Son sourire disparut quand il aperçut une main arrachée au poignet, avec une alliance.

— On a retrouvé un petit bout du mari, dit Nicki. Désolée pour l'omelette aux champignons, ce sera pour une autre fois.

Et elle les planta là.

— Cette fille est incroyable, admit Barn. Ça fait des heures qu'on cherche. Elle débarque, et vlan ! Elle trouve un indice. À croire qu'elle a un sixième sens.

— Faut être un peu sorcière pour être profileuse.

— Mais alors, si on a retrouvé le mari…

— C'est qu'il y a un autre assassin.

5

Nicki engouffra un oiseau-sans-tête[1]. Ça lui rappelait son enfance à la mer du Nord, quand elle allait chez sa tante belge. C'était finalement les meilleurs souvenirs qui lui restaient. L'odeur des babelutes, les fleurs en papier crépon et les transats colorés devant les petites cabines de bain. Un jour, faudrait qu'elle y retourne. Elle hésitait. Se demandait si ça n'allait pas casser ses rêves. On ne retrouve jamais les mêmes sensations de bonheur. Il n'en reste que des miettes éparses dans le réel. Et elles sont parfois plus douloureuses que les souvenirs. Pour savourer ces délicieux moments d'abandon, il faudrait que rien n'ait changé. Ni au-dehors, ni au-dedans. Il y a longtemps que le Père Noël avait assassiné l'enfance de Nicki et rempli sa hotte d'automates horribles qui venaient brailler dans ses cauchemars. Si elle s'était intéressée aux serial killers, c'était pas par goût du morbide ou penchants malsains, comme le pensaient certains, mais

---

1. Oiseau-sans-tête (à la bruxelloise) : hachis de porc et de bœuf avec œufs et échalotes enroulé dans une fine tranche de steak et servi avec une sauce à la gueuze.

parce qu'elle avait assisté à un crime atroce. Celui de sa meilleure amie.

Anne avait quinze ans et du soleil dans les poches. Un soir de flonflons, de lumières colorées et de musique endiablée, elles s'éclataient sur une piste de danse. Fête au village. Un peu trop bu. Un peu trop ri sans doute aussi… Anne lui avait demandé de l'accompagner aux toilettes « pour tenir sa porte », comme elle disait. Nicki s'était moquée d'elle. L'avait traitée de gamine. Elles avaient toujours eu une relation un peu ambiguë toutes les deux. Nicki savait que ça jazzait dans les chaumières et elle ne voulait pas alimenter les ragots. Faut pas salir les histoires de cœur. Elle regarda Anne s'éloigner avec sa robe bleue, ses cheveux blonds et sa façon de marcher si particulière, comme si une nuée de libellules la soulevait de terre. Elle lui faisait penser à la fée de Pinocchio. Un instant, elle fut tentée de la rejoindre. Envie de l'embrasser en cachette, comme elles le faisaient parfois. La raison reprit le dessus et Nicki continua à danser toute seule parmi le brouhaha.

Au bout d'un moment, ne voyant plus revenir son amie, elle partit à sa recherche. Pensa d'abord qu'elle avait dû rencontrer quelqu'un et papoter. Les alentours étaient sombres. Nicki se dirigea vers les toilettes, alluma l'ampoule qui diffusa une lumière glauque. Rien ni personne. C'est alors qu'elle remarqua la bague d'Anne posée sur l'évier en pierre. Elle l'enlevait chaque fois qu'elle se lavait les mains. Mais elle ne l'avait jamais oubliée. Elle y tenait trop ! C'était le seul souvenir qui lui restait de sa mère. Une bague toute simple avec une pierre rouge.

Nicki avait pris la bague et l'avait glissée machinalement à son doigt pour ne pas la perdre. Puis elle était sortie. Il faisait noir. Elle chercha un briquet dans sa poche, mais elle avait dû le perdre en dansant. Au moment où elle allait retourner vers la piste de danse pour voir si Anne y était, elle trébucha sur quelque chose… Le corps inanimé de son amie. Nicki se pencha vers elle et toucha sa peau. Un liquide poisseux suintait de partout.

Anne avait le ventre transpercé de douze coups de couteau et la gorge tranchée. Première victime d'une série de crimes qui eurent lieu le 12 de chaque mois. Un fou avait imaginé un vrai casse-tête pour les policiers.

Depuis cette fameuse nuit, Nicki avait fait des cauchemars, mêlés de rêves prémonitoires. Elle avait dévoré les bouquins de Rupert Sheldrake[1], spécialiste en la matière, mais n'en avait gardé que ses impressions personnelles. *Il faut lire les livres puis les jeter.* C'était sa manière de voir les choses. Ses « nourritures terrestres » à elle. Était-ce la bague, qu'elle avait toujours gardée à son doigt, qui lui envoyait des images la nuit ? Elle croyait à la force, à l'énergie et au magnétisme de certains objets. Tel est-il qu'elle avait « vu » le visage de l'assassin en songes. Et, le jour où elle l'avait croisé par hasard, elle l'avait suivi. Il habitait dans un appartement pourri qu'il squattait dans un immeuble vide. Elle avait attendu qu'il ressorte pour aller fourrer son nez dans ses affaires. Et comme la plupart des serial killers, il avait chaque fois emporté un

---

1. Rupert Sheldrake a, entre autres, développé le concept de la résonance morphique.

objet ayant appartenu à la victime. Pour pouvoir s'exciter dessus en se rappelant ce qui le faisait jouir : la mise en bouillie.

Selon l'enquête, il n'avait pas violé Anne. Il lui avait tranché la gorge, retroussé sa robe, arraché sa culotte et s'était branlé sur son corps dénudé. C'est après avoir joui qu'il lui avait tailladé le ventre.

Nicki avait retrouvé un morceau de tissu bleu et averti la police depuis une cabine. Sans donner son identité. Les flics l'auraient suspectée à coup sûr.

Elle n'a jamais retiré la bague de son amie. Même pas pour se laver les mains.

On sonna à la porte. Elle regarda par la fenêtre et reconnut Lynch. Elle savait pourquoi il venait. Pour savoir ce qu'elle fichait sur les lieux du crime. Elle ne lui dirait pas qu'elle était passée devant cette villa quelques jours avant l'explosion, et qu'elle avait eu une vision. Comme ça lui arrivait souvent. Elle l'avait vue, engloutie par une grande fumée noire qui sortait des fenêtres, ressemblant aux nasaux d'un monstre cracheur de feu.

Elle n'alla pas ouvrir.

6

Y a d'la rumba dans l'air, le smoking de travers, j'te suis pas dans cette galère, ta vie tu peux pas la r'faire...

Des papillons de soie plantés dans sa choucroute, Coco chantait en rangeant sa piaule. Depuis qu'elle s'était prise de passion pour cette danse, elle avait chassé ses coups de blues. Parce que, pute, c'est pas vraiment un métier d'avenir. À quarante balais, si on n'a pas un bas de laine, faut penser à se recycler. Et à part baiser, Coco ne savait rien faire. Ni même cuisiner ! Quant au ménage, c'était pas son truc. Elle se sentait bien dans la surcharge d'objets pour touristes, plus inutiles et ringards les uns que les autres. Des merdouilles qui clignotent et font des petites musiques rikiki, avec en prime de la neige qui tombe ou des paillettes. C'était son côté midinette. Chaque fois qu'elle le pouvait, elle s'achetait un « souvenir de quelque part » pour dire fièrement à ses clients : « Ça, je l'ai reçu d'un admirateur... »

C'est Bébert, l'épicier, qui l'avait branchée sur des cours de rumba, donnés par son épouse. Ce n'était pas donné, mais comme il était un de ses bons clients

29

depuis la ménopause de sa ménagère, il avait convenu avec Coco de la payer un peu plus, ce qui compensait le prix des cours de danse. Ni vu ni connu et, en prime, il avait les remerciements de bobonne à qui il ramenait du monde.

Coco avait accroché à mort. Elle avait découvert les vertus aphrodisiaques de cette « danse de l'amour », surnommée ainsi à cause de son rythme lent qui donne aux danseurs l'impression de jouer au chat et à la souris. Un festival de mouvements érotiques et sensuels où la partenaire tente de séduire son cavalier en le dominant. Mais à la fin, c'est toujours le mâle qui prend le dessus. Olé !

Coco enfila une veste rose et sortit se chercher une bouteille de rosé. Le soir, ça la décompressait de boire un coup.

En passant devant la loge du gardien de nuit, elle se fit héler par son remplaçant, un petit freluquet à lunettes. « Le gros jambonneau », comme elle l'appelait, était parti en vacances avec des potes. Elle imaginait bien le délire : pastaga du matin au soir au bord de la *playa*, les yeux en forme de couilles.

— Madame, y a du courrier pour vous.

Ça la changeait de l'autre truffe qui l'appelait Cocotte. Elle détestait ça ! Mais suffisait qu'elle le lui dise pour qu'il en remette une couche. Crétin jusqu'à la racine, le gros lard. Toute façon, à part les notes d'électricité, elle ne recevait jamais de courrier. Sa chambre était à elle. Un mécène rencontré quand elle avait encore un appareil dentaire. Faut dire qu'elle s'était lancée tôt dans le métier. Une vraie autodidacte !

Elle prit l'enveloppe et la glissa dans sa poche. Le remplaçant ferma la porte après lui avoir dit bonsoir.

La classe ! Le gros, lui, la regardait grimper les escaliers avant de rentrer dans sa taupinière, juste pour mater ses guiboles et tenter de voir sa culotte. Elle le sentait baver dans son dos. Coco s'en fichait. Il ne bandait plus depuis belle lurette.

L'épicier était encore ouvert. Il papotait avec une cliente. Le deal entre Bébert et Coco était que chaque fois qu'il y avait du monde dans la boutique, elle ne tarirait pas d'éloges sur les cours de rumba afin d'appâter la poiscaille. Elle retourna chez elle, une bouteille de rosé sous le bras. Cadeau de la maison.

Elle allait se mettre en pantoufles devant sa télé en savourant son breuvage et en terminant les spaghettis de la veille, restés dans la casserole. Pas de client prévu ce soir.

Elle déboucha la bouteille et but un coup. Machinalement, elle déchira l'enveloppe et y trouva la photo d'un assez beau mec. Sans mot ni rien. Curieux ! Bah, elle avait déjà eu affaire à des malades. Peut-être que le type, ça l'excitait, l'idée de se trouver sur la table de nuit d'une pute pendant que celle-ci s'envoyait en l'air avec d'autres.

Elle laissa la photo sur le lit, jeta l'enveloppe et ouvrit la casserole de pâtes pour voir ce qui restait. Fut déçue de trouver des poils dessus ! Pas étonnant avec cette chaleur. Elle aurait dû les mettre au frigo. Elle flanqua le tout à la poubelle. Coco se dit qu'après tout c'était mieux pour sa ligne, et que le rosé suffirait à lui remplir l'estomac.

Elle se déshabilla puis s'installa confortablement avec son verre devant sa télé. Pas souvent qu'elle avait l'occasion de passer une soirée tranquille.

Soudain, on frappa à sa porte. Juste quand le film allait commencer ! Et avec George Clooney en plus ! Pas de bol. Qui était cet emmerdeur ? Ah, ça, elle allait le remballer vite fait !

C'était Barn, comme un con devant sa porte avec un bouquet de tulipes. Et elle avait horreur des tulipes !

— C'est fermé, lui dit-elle.

— Je voulais juste t'apporter ce petit bouquet.

— J'aime pas les fleurs.

— J'viens pas pour baiser, s'excusa Barn.

— Toute façon, c'est pas le moment. J'ai rendez-vous avec George Clooney.

— Bon… Ben tiens, fit-il en lui tendant le bouquet comme un gamin qui offre un cadeau à sa maman.

Elle prit les fleurs en soupirant, sans l'inviter à entrer.

— C'est en quel honneur ? demanda-t-elle sèche-ment.

— C'est mon anniversaire. Suis tout seul et…

— Bon ça va, viens !

Elle attrapa un verre dans l'armoire et lui servit un rosé.

— Tu peux rester si tu veux, mais tu ne mouftes pas. Tu t'assieds là, ordonna-t-elle en désignant le lit, et moi je prends le fauteuil. On regarde le film. Et je supporte pas qu'on parle pendant que George me fait rêver. Compris ?

— Compris, marmonna Barn, bien content de ne pas se retrouver seul chez lui un soir pareil. Surtout après la journée qu'il venait de passer, au milieu des lambeaux de chairs…

Il prit la photo sur le lit, la posa sur la table afin de ne pas la froisser, et la regarda d'un œil distrait. Quelque chose l'intrigua. Il reprit le cliché et l'examina plus attentivement.

— Mais c'est la photo de Luc Doms !

— Chut ! ordonna Coco, déjà dans les bras de Clooney.

— Tu le connais ?

— Ça te regarde pas. Laisse ça.

— Oh si, ça me regarde !

— Ça va aller, oui ? Depuis quand tu te mêles de mes histoires de cul ? C'est pas parce que t'es poulet qu'il faut venir me sucer les plumes !

— T'as pas lu les journaux ?

— Je les lis jamais. C'est que des misères et ça m'intéresse pas, les affaires des autres. Du moment qu'il pleut pas dans ma chambre, le reste, je m'en fous.

— C'est un des deux types qui a été tué dans l'explosion de la villa du quartier de Golconde. Me dis pas que t'es pas au courant ?

— Ben non !

— Une question quand même… insista Barn, tous tes clients te donnent une photo d'eux ?

— D'abord, c'est pas un de mes clients. Je le connais pas ce type. Ensuite, je viens de la recevoir au courrier.

— Quoi ? Montre-moi l'enveloppe !

— Trop tard. Elle est dans ma poubelle, en dessous de mes spaghettis. Fouille dedans si ça t'amuse. Moi, je regarde mon film.

— C'est tout l'effet que ça te fait ? Un mec t'envoie sa photo, tu apprends qu'il explose, et toi, tu te pâmes devant des navets à l'eau de rose !

— D'abord, c'est pas des navets. Et ensuite, t'as pas à me critiquer. Si j'ai pas voulu de mari, c'est justement pour pas me faire emmerder. Et si t'es pas content, t'as qu'à rentrer chez toi et souffler ta petite bougie tout seul. Pas étonnant que ta femme se soit tirée, tiens !

Barn ne répondit pas, trop perturbé par sa découverte. Il ouvrit la poubelle et renonça à remuer dans ce qui lui faisait penser à des tripes ensanglantées.

— Et tu ne te poses pas la question de savoir pourquoi on t'a envoyé cette photo ?

— Non. M'en fous, répondit-elle, scotchée à sa télé.

— Je suppose que tu n'as pas envie de la garder comme souvenir ?

— Non, tu peux la prendre. Cadeau d'anniversaire.

Barn s'allongea sur le lit, pensif.

Les tulipes étaient toujours sur la table. Ni lui ni Coco ne pensèrent à les mettre dans l'eau.

7

Le lendemain matin, Barn déposa fièrement sa découverte sur le bureau de Lynch, comme s'il s'agissait d'un trophée.

— Devine chez qui j'ai trouvé cette photo ? fit-il.

— C'est sa femme qui te l'a donnée.

— Justement, non !

— J'ai pas la tête à jouer aux devinettes, avoua l'inspecteur qui avait, une fois de plus, un peu trop forcé sur l'alcool.

— Jus de fruits. Très bon pour la gueule de bois, conseilla Barn. Sinon, faut manger une boîte de sardines avant de picoler. Radical !

— Je vois que j'ai affaire à un connaisseur…

— Oui, j'ai toujours aimé la mer.

— Alors tu craches le morceau, oui ou merde ? Où t'as déniché cette photo ?

— Chez Coco. Hier soir.

Lynch faillit s'étrangler. Il n'aimait pas que Coco, sa pute unique et préférée, soit mêlée d'une manière ou d'une autre à quoi que ce soit qui puisse lui causer des misères.

— Qu'est-ce que tu es allé foutre chez elle hier ?

Elle m'a dit qu'elle ne recevait personne, même pas moi ! C'est dire…

— C'était mon anniversaire…

— Ah, voilà pourquoi elle a fermé boutique. Pour fêter ça avec toi en amoureux, railla Lynch, non sans un brin de jalousie.

Après tout, c'est lui qui avait présenté Coco à son collègue. Il aurait pu être invité à la fête lui aussi !

— C'est pas exactement ça, confia Barn. Elle a préféré passer sa soirée avec George Clooney. J'ai débarqué à l'improviste. Je ne voulais pas fêter mon anniversaire tout seul chez moi, comme une pauv' mite abandonnée au fond de son désespoir.

— T'as eu de la chance qu'elle t'ait ouvert la porte.

— N'empêche qu'elle a quand même préféré ce bellâtre de Clooney. M'a pas lancé un seul regard.

Lynch ne put s'empêcher de comparer l'acteur à son collègue défraîchi. Le Taj Mahal contre Manneken-Pis.

— Et qu'est-ce que Coco a à voir avec le mari d'Alice Doms ? demanda Lynch. C'est un de ses clients ?

— Non. Elle dit qu'elle ne le connaît pas.

— Alors c'est que c'est vrai. Coco ne ment jamais. Elle n'a pas assez de mémoire pour ça.

— Quand même, chef, c'est curieux qu'elle ait reçu cette photo par courrier le lendemain de sa mort, non ?

Voilà longtemps que Barn ne l'avait plus appelé « chef ». Une vieille habitude qui revenait de temps en temps quand il était contrarié.

— Tu as pris l'enveloppe, je suppose, fit Lynch.

— Ben, non. Elle l'avait jetée dans le vide-ordures, mentit Barn, qui n'avait pas eu le courage d'aller remuer la poubelle puante. Pas le jour de son anniversaire, quand même !

— Tant pis ! On aurait pu faire analyser l'écriture et peut-être aussi la salive au dos du timbre.

— Sont souvent autocollants, dit Barn pour se dédouaner. Sinon, rien de neuf ? demanda-t-il en s'installant derrière son bureau, qui croulait sous une montagne de paperasses.

— On a encore retrouvé quelques morceaux du voisin, Jim Sanders. Mais rien de plus du mari. L'explosion est venue de l'intérieur et a dû tout réduire en cendres.

— Bizarre, quand même, que Nicki ait retrouvé une main dans l'arbre. Et quasi intacte !

— Oui, c'est vrai. Mais c'est plausible. On voit de tout dans ce métier.

Barn n'était pas vraiment convaincu. Son côté rationnel reprenait toujours le dessus. Parfois trop, il l'admettait.

— Donc, résuma Lynch, la version la plus logique est que quelqu'un s'est introduit dans la villa pour assassiner le mari, puis a placé une charge d'explosifs visant à tuer aussi Alice au moment où elle aurait actionné la poignée de la porte d'entrée. Maintenant, faut savoir qui leur en voulait à ce point, et pourquoi. On va aller faire un petit tour chez la femme du voisin, puis chez Alice Doms. Et ce soir, je passerai chez Coco. Elle n'a vraiment aucune idée de qui lui a envoyé cette photo ?

— Non. Elle n'a rien dit. Trop occupée à baver devant Clooney. Me demande ce qu'elle lui trouve, grogna Barn en essayant de dégager un espace sur son bureau. En plus, il aime les cochons.

— P't-être pour ça… Faut pas chercher à comprendre les femmes, mon vieux. C'est une perte de temps. Moi, y a longtemps que j'ai renoncé. La baise, ça devrait être comme le resto. Quand tu savoures un bon plat, tu ne te demandes pas forcément ce qu'il y a dedans ni comment c'est cuisiné. Et tu changes de cantine de temps en temps pour pas te lasser et découvrir de nouvelles saveurs.

— T'as raison, admit Barn, qui avait longtemps goûté au pot-au-feu. Et tout ça pour se retrouver tout seul avec une casserole vide. Sans avoir profité de la vie. Il était grand temps…

— Allez, viens, fit Lynch en enfilant son imper. Moi, je vais rendre visite à Alice Doms, et toi, à la femme du voisin.

— Pourquoi pas le contraire ? s'étonna Barn, qui trouvait plus attrayant d'aller chez la jolie blonde.

— Parce que je suis ton chef. Tu me l'as rappelé tout à l'heure, tu ne te souviens pas ? ironisa l'inspecteur.

Barn sortit en maugréant. Il avait toujours été le deuxième en tout. À l'école, au boulot…

— Si ça se trouve, la femme de Jim Sanders est canon ! Une sorte de Pamela Anderson chaude comme la braise.

— Vu que son mari a explosé, c'est le cas de le dire, plaisanta Barn.

Contrairement à son collègue spécialiste des blagues foireuses, Lynch ne l'avait pas fait exprès. La vie de flic était déjà assez dure comme ça. Tout le temps plongé dans les drames des autres. Sans humour, pas de survie. Mais parfois, ça ne suffisait pas. Pour ça qu'il picolait. Comme on se met une couverture sur un corps trop froid. Glacé par le malheur d'autrui que même une histoire drôle ne parvient pas à réchauffer. Il arrivait à s'endormir le soir. Parfois. Mais il se réveillait toujours avec un collier de larmes autour du cou. Le chagrin des autres avait fini par étouffer ses propres peines. Sauf qu'il se sentait responsable, investi d'une mission, celle d'apaiser leur drame en découvrant le coupable.

Ensuite, il arrivait qu'un juge le relâche, ou qu'il sorte de taule après un bref séjour. La plupart des collègues de Lynch étaient découragés. Surtout les plus jeunes, ceux qui avaient encore des idéaux. Y a longtemps que lui ne croyait plus à la justice. Mais il croyait toujours en l'être humain. À petites doses. C'est ce qui le sauvait.

Lynch avait le numéro de portable d'Alice. Elle avait dû le laisser à la police pour rester à leur disposition puisqu'il y avait enquête. Elle lui donna rendez-vous dans un bistrot, sur la place. Ne voulait pas déranger sa grand-mère chez qui elle logeait en attendant de trouver un appartement. Parfait. L'inspecteur aimait les rencontres autour d'un verre.

— Au fait, lança-t-il à son collègue, bon anniversaire ! On se retrouve ce soir au Blue Moon pour faire le point. Et fêter ça !

8

Barn jeta un œil à la villa éventrée avant de traverser le parterre noirci des voisins. Il imaginait le gars en train de tondre sa pelouse, veillant à ce que tout soit impeccable et que son jardinet ressemble à un mini-cottage. Au moins, il n'était plus là pour voir les dégâts ! Une partie de sa maison était détruite et les vitres avaient explosé, mais l'arrière était encore intact. Barn se dit que la femme de Jim Sanders avait dû se retrancher de ce côté.

Au moment où il s'apprêtait à contourner la maison, il entendit quelqu'un l'appeler.

— Hé, m'sieur !

Il se retourna et vit le facteur dans sa camionnette turquoise, une nouvelle idée du maire pour donner un peu de gaieté à la ville. Ici, les facteurs avaient ordre de s'arrêter chez les petits vieux et de boire un verre avec eux, histoire de combattre la solitude. La poste remplissait les coffres des camionnettes de casiers de bière. Certains abusaient un peu et se retrouvaient pétés dès le matin. Mais ça mettait de la bonne humeur dans les chaumières.

— Y a plus personne, là, dit le facteur. Je dépose le courrier de madame Sanders chez la voisine.

— Et vous savez où elle est partie ?

— Non. Mais la mère de Cousteau doit pouvoir vous renseigner puisqu'elle lui remet ses lettres.

— La mère de Cousteau ? s'étonna Barn.

— Oui. On l'appelle comme ça parce que son fils a construit un sous-marin dans son jardin.

— Ah oui ?

Barn n'allait pas être déçu de sa visite !

Il retraversa le jardin de l'apocalypse et se dirigea vers la maison voisine. Une petite baraque qui tranchait avec les autres. Mal entretenue, plus simple, à la façade décrépie et aux volets pourris. Mais avec des bacs à fleurs aux fenêtres ! Pas de sonnette. Il frappa à la porte.

Bruit de savates. Une femme d'un certain âge, genre gretchen baraquée, cheveux gris hirsutes et tablier à fleurs, lui ouvrit et le toisa, méfiante.

— Bonjour, je suis un parent de madame Sanders et le facteur m'a dit de m'adresser à vous. Je voulais lui présenter mes condoléances. Suis son cousin.

— Ah bon, entrez ! proposa-t-elle avec un grand sourire.

Barn sentit tout de suite qu'elle avait besoin de parler. Pour une fois qu'il se passait quelque chose dans ce quartier de « M. Propre », où plus personne n'était dehors après vingt-deux heures et où tout semblait parfait...

— Vous boirez bien un petit coup ?

Il faillit répondre « Jamais en service », mais se retint à temps.

— Non merci. Pas la journée.

— Allez, insista-t-elle en mettant d'office un verre sur la table.

Puis elle ouvrit l'armoire en Formica et en sortit une bouteille de rhum.

— Ça tue les microbes, expliqua-t-elle. Moi, c'est Paulette, et vous ?

— Euh, Albert.

Elle lui faisait penser à sa mère. Chaque fois que celle-ci buvait – ce qui arrivait souvent –, elle prétextait que c'était pour son rhume, ses rhumatismes ou son arthrose ! L'alcool était pour elle le remède souverain à tous les maux. Elle picolait « médical ».

L'intérieur était à l'image de l'extérieur. Avec des fleurs en plastique partout. Mal entretenu. Des meubles de bric et de broc, tapissés d'une bonne couche de graisse de cuisine qui les rendait mates. Pas franchement reluisant. Le verre non plus d'ailleurs. Mais comme le rhum tue les microbes…

— Quelle affaire, hein ? dit-elle en s'asseyant en face de son visiteur.

— Ç'a dû être affreux pour elle de perdre son mari comme ça.

— Oui, mais c'est surtout pour nous autres que ç'a été terrible, monsieur Albert. On a eu peur ! Tout a tremblé. On a cru que c'était la fin du monde, dites ! On a vite couru se réfugier dans le sous-marin avec mon gamin. Ah çà, au début, on se moquait de lui dans le quartier, mais maintenant, plus personne ne rigole, hein !

— Vous avez vraiment un sous-marin ? demanda Barn qui pensait que le facteur plaisantait en surnommant le fils Cousteau.

— Oui, oui, c'est mon gamin qui l'a construit, dit-elle, fière comme une mère poule. Il ne veut jamais que j'y aille quand il n'est pas là, et encore moins que je le

43

fasse visiter. Mais vous avez de la chance, il est parti chez son garagiste et je sais où il cache la clef. Quand vous aurez terminé votre verre, je vous y emmènerai. C'est dans le jardin.

Ce matin, en se levant, Barn était loin de penser qu'il allait vivre *Vingt mille lieues sous les mers*. Il vida son verre, pressé d'aller voir ça, mais elle le resservit aussitôt.

— Vous savez où je peux joindre ma cousine ?

— Elle est partie chez sa sœur qui a un appartement en face de la gare. Mais vous devez savoir où c'est…

— Non, il y a longtemps que je ne l'ai plus vue.

— C'est juste au-dessus du Café des Voyageurs. Pouvez pas vous tromper. Le facteur m'a apporté une lettre pour elle. Tiens. Ben tant qu'on y est, ça vous dérange pas de lui donner ?

— Pas du tout, fit Barn, ravi à l'idée de pouvoir fouiller dans les secrets de Claire Sanders. Vous la connaissez depuis longtemps ?

— Surtout depuis toutes les misères qu'on a faites à son mari. Je suis la seule qui lui disait encore bonjour dans le quartier. Avec madame Alice. Une gentille fille, celle-là. Faut dire que ç'a fait tout un bazar dans les journaux. Mais elle a dû vous raconter tout ça.

— Justement non, elle a toujours été très discrète par rapport à la famille.

— Je comprends.

— Mais à présent que Jim est mort…

— Oui, c'est différent. Tenez, j'ai gardé les articles, si ça vous intéresse. Pouvez jeter un œil.

Elle ouvrit un tiroir rempli de choses inutiles et en extirpa une boîte à biscuits qu'elle posa sur la table.

Barn regarda distraitement. Soudain, une photo attira son attention : on voyait Jim Sanders, l'air complètement abattu, une immense tristesse dans le regard. Pas la tronche d'un gars coupable. Mais Barn en avait connu des assassins qui avaient l'air de braves gens innocents… N'empêche, il pensa que ça pouvait être édifiant de lire tout ça à l'aise, et il demanda à « madame Cousteau » s'il pouvait les emporter.

— Je vous les rendrai, promit-il.

— Oh, pas besoin, maintenant qu'il a passé l'arme à gauche, ça sert plus à rien.

— Vous ne l'aimiez pas ?

— C'est pas ça. En fait, je ne le connaissais pas vraiment. Il n'est jamais venu ici. C'était un professeur, comprenez. Et nous, on est des fadas pour ces gens-là. Z'avez vu le quartier ? Tous des bourges ! Ils ont tout fait pour nous virer, mais on résiste ! Y a même des promoteurs qui m'ont proposé du pognon. Je les ai envoyés bouler. Cette maison, c'est un héritage de mon grand-père. Et depuis que le petit a construit son sous-marin, plus question de déguerpir ! Par contre, la femme de Jim, c'est pas pareil. Je ne sais pas si je peux vous dire ça parce que vous êtes de sa famille, mais y a longtemps qu'ils ne couchaient plus ensemble.

— Comme la plupart des couples, lâcha Barn. Seulement, ça ne se dit pas.

— Oui. Les dix dernières années, mon mari ne me touchait plus. J'avais plus envie non plus. Il disait que c'était à cause de sa prostate, et puis il est parti avec une plus jeune qui servait à la boulangerie. Vous vous rendez compte ? Quel salopard !

Barn compatissait. Pour le mari. Il se demandait comment il avait pu forniquer avec ce tromblon. Peut-être était-elle canon quand elle était jeune ? Comme si elle devinait sa pensée, Paulette décrocha sa photo de mariage qui trônait toujours au-dessus de la cheminée et la flanqua sous le nez de son hôte.

— Je la garde pour me souvenir comme j'étais belle !

— Effectivement, mentit Barn qui la trouvait déjà moche à crever là-dessus, avec ses dents à la Fernandel et sa silhouette de lanceuse de poids.

— Mon fils ne lui a jamais pardonné. Y se parlent plus. D'ailleurs, quand les Russes vont envahir le pays, y a que moi qui partirai avec lui dans son sous-marin.

— Les Russes ?

— Oui, oui ! Là, ils font le mort, mais ça va péter ! Et alors on sera les seuls survivants, mon Filou et moi. Filou, c'est mon fils, Philippe.

Ah ça, pensa Barn, *le jour où les Martiens débarqueront, s'il ne reste que mémère et son fils au nom de clébard dans un sous-marin, ils vont avoir une belle image de l'humanité !*

— Allez, venez avant qu'il revienne, fit-elle en rangeant la bouteille.

Il la suivit dans le jardin. Barn poussa un cri de stupeur – que Paulette prit pour de l'admiration – en découvrant le tas de ferraille qui allait servir d'arche de Noé. Des taules ondulées étaient enchevêtrées les unes sur les autres pour former une sorte de coque dans laquelle étaient percés des hublots. Un grand périscope surgissait du devant du sous-marin. Paulette fouilla sous un arbuste et en sortit une grosse clef qu'elle introduisit dans la serrure d'une ancienne porte de frigo.

L'intérieur était hallucinant. Deux fauteuils – dont un de dentiste – trônaient à l'avant, face à une sorte de tableau de bord constellé de boutons. À l'arrière, toute une machinerie avec des engrenages et des poulies qui, visiblement, ne devaient servir à rien.

— Il a fabriqué tout ça avec de la récup, précisa-t-elle. Ça fait des années de travail !

Ah oui, quand même…

Et sans avoir fait d'études ! Vous vous rendez compte ?

Barn s'efforça d'avoir l'air épaté.

— Il y a quelque chose qui m'échappe, dit-il. Pourquoi avoir fabriqué un sous-marin puisqu'il n'y a pas d'eau ? Il lui suffisait de construire un abri anti-atomique.

Paulette le regarda, incrédule, et il lut dans ses yeux à quel point il était con.

— M'enfin, monsieur Albert ! Réfléchissez une fois ! Un abri anti-atomique, c'est s'il y a une bombe. Si les Russes attaquent, faudra se sauver. Mon fils a tout prévu, lui ! Quand y aura la guerre, il s'est arrangé avec le garagiste qui mettra le sous-marin sur sa dépanneuse et nous emmènera à la mer. Ah ! conclut-elle en tournant son index autour de sa tempe, y en a là-dedans, hein ?

— Effectivement, j'y aurais pas pensé.

— Tout le monde n'est pas Franck Einstein !

— C'est sûr, admit Barn.

— Y a un fauteuil pour mon gamin, celui qui est devant le gouvernail, et l'autre est pour moi.

Brave petit ! pensa ironiquement Barn.

— Mais je l'aide aussi en lui donnant une partie de ma pension pour construire son chef-d'œuvre.

Et voilà ! Il faisait croire à sa vieille qu'il allait l'emmener au paradis des merveilles sous-marines, en échange de quoi elle lui filait du pognon que visiblement il dépensait à d'autres fins. Les bars de nuit ? La dope ? Parce que pour construire un machin pareil, fallait fumer la moquette et le Balatum avec !

— Il a dit que ça marchait à l'énergie termite, précisa-t-elle en connaisseuse.

— C'est pas plutôt thermique ?

— Non, non ! Il m'a bien tout expliqué.

— J'en doute pas…

Machinalement, Barn s'approcha du périscope dans l'idée d'y jeter un œil, pendant que la future passagère du *Nautilus* se hasardait à épousseter la machinerie avec son mouchoir.

Il fut surpris de découvrir un appareil photo emmanché dans la lunette du périscope. Il regarda dans le viseur et vit la fin du monde ! L'objectif était dirigé vers la villa qui avait explosé. Comme le sous-marin avait été construit au fond du jardin, la maison des Sanders n'obstruait pas la vue. Le Cousteau de pacotille avait dû être en première ligne pour mater ce qui s'était passé ! Et peut-être même qu'il avait été là bien avant et qu'il avait vu des choses intéressantes… Barn se retourna et constata que mémère était toujours occupée à faire le ménage. Il ouvrit l'appareil photo et y trouva un film qu'il glissa prestement dans sa poche.

La plongée en mer n'avait pas été inutile.

9

Une voiture klaxonna. Nicki sursauta et se fit insulter par le conducteur.

— Hé, faut regarder quand on traverse, connasse !

Elle haussa les épaules. Distraite, elle souriait en pensant au culot qu'il lui fallait pour aller à l'institut médico-légal et chiper la main qu'elle avait trouvée dans l'arbre. Nicki en avait besoin pour essayer de faire venir des images liées aux crimes. Rémy, le légiste, la connaissait bien. Même qu'il en pinçait un peu pour elle. Après tout, elle bossait dans le cadavre, comme lui. Elle avait donc profité de ses charmes pour lui rendre une petite visite de courtoisie. Un bonjour, comme ça, en passant « par hasard »… Ravi de voir une femme bien vivante, l'autre couillon avait roucoulé de plaisir. Nicki avait préparé son coup et mis un tee-shirt blanc moulant avec un pantalon taille basse kaki. Elle avait lâché ses longs cheveux et arboré son plus beau sourire. Rémy était aux anges. Occupé à touiller dans l'estomac d'une noyée, il avait aussitôt enlevé ses gants de caoutchouc pour faire une pause avec sa dame de cœur et l'inonder de compliments. N'importe qui aurait été heureux. Pas Nicki, ça la laissait complètement indifférente. Pourtant, le légiste était bel homme. Cheveux grisonnants, peau mate et regard bleu. Nicki avait aimé quelques hommes, il y a longtemps. Avant de devenir profileuse. Mais sa seule passion avait été Anne. Ce qui l'attirait, ce n'était pas le sexe, mais l'âme des gens. Leur fraîcheur, leur originalité. Et tous ceux qu'elle croisait, elle avait l'impression de les connaître. Plus de surprises. Coulés dans le moule, à l'image de la civilisation d'aujourd'hui.

Rémy avait encore l'avantage d'exercer un métier pas banal et d'avoir une sacrée dose d'humour noir. Sauf qu'en dehors de l'institut, il ressemblait à tout le monde. Un fonctionnaire dont la plupart des amis ignoraient le boulot.

— Alors, ma beauté, comment ça va ? demanda-t-il en se passant les mains sous le robinet.

Même s'il portait des gants, il avait besoin de se rafraîchir la peau. « La mort, ça vous rentre jusque dans les os », lui avait-il un jour expliqué.

Elle, elle la sentait souvent lui percer le cœur.

— Ça va. Je suis en vacances.

— Ah bon ? fit-il, tout content. On va pouvoir enfin passer une soirée ensemble !

— Sûrement, mentit Nicki, qui devrait encore trouver un prétexte pour décliner l'invitation. Et toi ?

— Oh, le train-train. Une noyée. Sans doute un suicide. Sinon, quelques victimes de bagarres à la sortie des bars de nuit. Mais ça, c'était le mois dernier. C'est calme en ce moment. Pas beaucoup de clients. Ah si ! Y a aussi cette baraque qui a explosé… T'en as entendu parler, je suppose ?

— Vaguement.

— Là, on me les a amenés en kit, les cadavres ! Un vrai puzzle à recomposer. C'est très amusant. Tu veux voir ? se marra-t-il, certain qu'elle allait refuser.

— Oh oui !

Nicki le sentit un peu décontenancé. Après tout, il se dit qu'elle avait l'habitude. Il l'emmena vers les frigos et ouvrit un tiroir contenant des membres calcinés dans des sachets en plastique.

— J'ai fait mes provisions de congélation pour l'hiver. Que du bio ! T'en veux ?

— Je suis végétarienne.

— Tant pis ! Ce sont les restes du voisin. Et ça, expliqua-t-il en ouvrant le tiroir du bas, c'est la main du mari.

— Comment le sais-tu ?

— Je suppose, puisque les flics me l'ont dit. Mais pour en être sûr, il faut attendre les analyses du labo. On a fait les prélèvements.

— Et tu la gardes en souvenir, c'est ça ?

— Oui. Pour les archives. Jusqu'à la fin de l'enquête, tu sais bien. T'es vraiment bandante, toi !

Il l'attira à lui et l'embrassa. Nicki n'éprouva ni plaisir ni dégout. C'était juste une formalité. Parfois, elle se demandait si sa libido n'avait pas fichu le camp dans ses cauchemars. Tous ceux qui hantaient ses nuits. C'était la première fois depuis la mort d'Anne qu'elle éprouvait un soupçon d'émotion amoureuse pour quelqu'un. Pour Alice. Mais seulement parce qu'elle lui faisait penser à son amie disparue. Elle en était certaine.

— J'ai soif ! Tu n'as pas un verre d'eau ? demanda-t-elle.

— J'ai tout ce que tu veux, ma douce.

Nicki profita du moment où il alla lui chercher à boire pour chiper la main de Luc Doms et la glisser dans son sac à dos.

Quand le légiste revint avec le verre d'eau, elle avait disparu.

10

Alice était déjà là, assise dans un petit coin sombre à l'écart des autres, devant un thé. Lynch la regarda remuer sa cuillère, l'air songeur. Elle ressemblait à une gamine qui joue.

— Bonjour, fit-il en lui tendant la main. Inspecteur Lynch.

— Bonjour !

Il ne fallait pas que Lynch se laisse attendrir. Même si, vraisemblablement, elle aurait dû mourir dans l'explosion, elle était quand même suspecte. D'après ses renseignements, glanés auprès des gens qui la côtoyaient, elle formait un couple sans histoires avec son mari. Mais Lynch avait pris l'habitude de se méfier de tout le monde. Un jour ou l'autre, l'ennui s'installe dans le ménage et tout part en vrille. Sauf qu'ici, ils n'étaient pas mariés depuis longtemps et les pantoufles n'avaient pas eu le temps de se caler entre leurs oreillers. Elle paraissait sincèrement triste.

— Ça va ? demanda l'inspecteur en s'asseyant en face d'elle.

— Oui. J'essaie. Luc était vraiment quelqu'un de très chouette. C'est dur.

— Je m'en doute. Vous habitez chez votre grand-mère ?

— Oui. De toute façon, j'allais la voir souvent. C'est elle qui m'a élevée.

— Elle doit vous gâter !

Alice avala sa salive. Comme si ce mot lui faisait mal. Lynch connaissait ça. À la mort de sa mère, chaque parole gentille, chaque douceur était devenue douloureuse. Pire qu'une brûlure.

— Non, elle est paralysée.

— Ça doit être dur pour vous.

— Surtout pour elle.

Lynch s'empressa de changer de sujet. Il voulait revoir son sourire. Même timide.

— Le temps finit toujours par…

— Je sais, coupa-t-elle. Ne vous en faites pas pour moi. Je suis forte. J'en ai vu d'autres dans ma vie. Mes parents sont morts quand j'étais petite. Vous pouvez y aller et me poser les questions pour lesquelles vous êtes venu me voir, inspecteur. Je n'ai qu'une envie, c'est qu'on arrête le salaud qui a fait ça.

— Bien, dit Lynch qui s'attendait à une fille fragile.

Il avait toujours aimé les femmes qu'on doit protéger. Mais celle-ci avait un caractère qui contrastait avec son physique. Ce qui n'était pas sans charme d'ailleurs. Il commanda un café – c'était pas encore l'heure de l'apéro – et enchaîna avec les questions de routine.

— Vous savez si quelqu'un avait des raisons de vous en vouloir, à votre mari et à vous ?

— J'y ai réfléchi, mais je ne me connais pas d'ennemis. Je sors peu et je ne vois pas beaucoup de monde. À part m'occuper de mon ménage et de ma grand-mère…

— Vous ne travaillez pas ?

— Non, Luc gagnait bien sa vie. Il dirigeait un laboratoire de recherches pharmaceutiques et préférait que je reste à la maison.

— Et vous ?

— Moi aussi. D'autant que ça me permettait de bien m'occuper de ma grand-mère.

— Qu'est-ce que vous allez faire maintenant ?

— Me débrouiller avec la pension de ma grand-mère pour prendre soin d'elle. Je ne veux pas qu'elle aille dans une maison de retraite, c'est atroce.

— Je suis bien d'accord avec vous. Mais dans un hôpital, on pourrait peut-être la soigner ?

— Non, d'après les médecins, il n'y a rien à faire.

— Et votre mari, il n'avait pas d'ennemis ?

Lynch la sentit peser le pour et le contre de ce qu'elle s'apprêtait à dire.

— Je ne voudrais pas attirer des soupçons sur une personne innocente, lâcha-t-elle.

— La police est justement là pour prouver l'innocence des gens, et non pas pour tenter de les rendre coupables quand ils ne le sont pas.

— Eh bien… Le neveu de mon mari lui en voulait beaucoup. Parce que c'est Luc qui a tout hérité de son oncle. Un riche collectionneur de *netsuke*. Il estimait que mon mari était plus à même d'apprécier l'art que son stupide beau-fils. Il lui a donc légué sa collection, qui est d'une très grande valeur. L'oncle Steve était marié avec la sœur de Luc, qui avait eu Arnaud d'un premier lit. Elle est morte un peu avant lui dans un accident de voiture. Je sais qu'Arnaud détestait Luc.

— J'espère que la collection n'était pas dans votre villa !

— Non. Luc était prudent. Tout se trouve dans un coffre, à la banque.

— Ça consiste en quoi, exactement ? demanda Lynch.

— *Ne* veut dire « racine », et *tsuke,* « attacher ». Comme le kimono n'a pas de poche, on y attache des *sagemono*. Ce sont des petites boîtes contenant divers objets, tels des étuis à pipe, du matériel d'écriture, des boîtes à médicaments… Le *netsuke*, c'est la figurine qui décore la cordelette servant à maintenir fermé le *sagemono*. Il a d'abord été utilisé en Chine, au XVIe siècle, puis au Japon. Il en existe de différentes matières, comme le bois, la corne de cerf, la laque, le métal, la pierre… Mais les plus précieuses sont l'ivoire et le bec de calao, un matériau très rare. Il y en a dans des couleurs rouge orangé, très belles, qui permettent des effets étranges. Par exemple le masque d'un visage rouge de colère. Certains représentent des animaux du zodiaque, des personnages mythologiques, ou d'autres de la vie courante, comme des pêcheurs ou des samouraïs.

— Vous avez l'air de vous y connaître ! s'étonna Lynch. Vous avez étudié l'histoire de l'art ?

— Non. Malheureusement, je n'ai pas pu faire d'études. Pas les moyens. C'est Luc qui m'a expliqué tout ça.

— Passionnant ! C'est vous qui héritez donc de cette fabuleuse collection…

— Pas du tout ! Nous étions mariés sous le régime de la séparation de biens et, de plus, l'oncle avait fait un testament dans lequel il stipulait qu'en cas de décès de Luc, la collection reviendrait à Arnaud.

— Ça doit vous faire mal, non ?

— Détrompez-vous. Je ne suis attachée à rien. Pour moi les objets n'ont aucune valeur, qu'ils soient précieux ou non.

— C'est une force, admit Lynch, qui tenait à son fauteuil en cuir comme à la prunelle de ses yeux.

— Sans doute… dit-elle en se remettant à touiller son thé, comme si elle chassait avec sa petite cuillère d'invisibles canards barbotant dans une mare. N'empêche qu'Arnaud doit être aux anges ! Enfin, pas sûre qu'il se rende bien compte de ce qui lui arrive…

— Pourquoi ? s'étonna l'inspecteur.

Elle sourit et avala son thé.

11

Barn passa au labo photo de la PJ où il avait déposé le film du Cousteau de Prisunic, comme il l'appelait. Il avait la tête un peu à l'envers après sa soirée au Blue Moon avec Lynch. Ils avaient éclusé quelques bilbaos, spécialité de Pandore, un mélange d'alcool de coquelicot et d'une substance à base de plantes carnivores aux vertus excitantes. Le soleil matinal n'arrangeait rien à l'affaire. Il aurait préféré une bonne pluie pour rafraîchir ses neurones.

Le gars du labo lui tendit la pochette avec un petit sourire narquois.

— Eh bé, on ne s'embête pas dans la police !

Barn découvrit des photos d'Alice Doms prises au téléobjectif… On la voyait sous toutes les coutures, à poil sous sa douche. Bien foutue, la gonzesse !

Ainsi le gentil gamin à sa maman passait ses journées à mater le cul de la voisine à travers son périscope. C'est à ça que lui servait toute cette ferraille. Et pas du tout pour fuir les Ruskoffs au moment du débarquement ! En plus, il la photographiait, histoire de garder un souvenir pour ses vieux jours. *De là à ce qu'il ait fait exploser la villa pour se débarrasser du mari*, pensa

Barn, *y a pas des kilomètres*. Il en fit part à Lynch en arrivant au bureau. Ce dernier avait gardé ses lunettes de soleil pour cacher les lendemains douloureux. Il les enleva et regarda les photos de plus près. Prit son temps.

— Y a peu de chances que ce soit lui qui ait fait exploser la baraque, conclut-il. Pourquoi aurait-il détruit son principal centre d'intérêt ?

— Ah oui, effectivement, admit Barn. Mais il se peut aussi qu'à un moment donné il en ait eu marre, genre grosse crise de jalousie, et qu'il ait pété un plomb. C'est bien le genre, non ?

— Tu crois ?

— Si tu voyais son sous-marin, tu comprendrais.

— Prendre des photos de femme sous sa douche n'est pas un crime. Mais comme on enquête sur ce qui s'est passé, on peut le convoquer. À moins que tu sois devenu accro à la plongée sous-marine.

— Non, j'ai le mal de mer. Me suis dit aussi qu'il avait peut-être vu des choses autour de la villa. Des choses qui pourraient nous être utiles. Et regarde ce que j'ai trouvé, fit-il en lui tendant l'enveloppe qu'il était censé porter à Claire Sanders, la veuve du voisin.

Lynch la saisit et en extirpa une lettre d'amour. Elle dégoulinait de mots sirupeux et se terminait par : « *Enfin, nous allons pouvoir vivre ensemble. Je t'attends, mon adorée.* » Et c'était signé : « *Ton Michel.* »

— Ben dis donc ! Les crabes sortent de leur panier, constata Lynch. Je vais aller lui porter sa lettre. Ça m'oxygènera les neurones.

— Au fait, tu as vu Coco ?

— J'ai voulu passer chez elle hier soir, après notre

petite sortie, mais elle était couchée. Plus de lumière. J'ai pas voulu la réveiller. J'irai tout à l'heure.

— Tant qu'on y est, moi aussi je vais prendre l'air, décréta Barn.

Rester au bureau aujourd'hui ne le tentait guère. Ils sortirent en même temps.

— Encore partis en promenade ? lâcha la secrétaire d'un air désapprobateur.

Les deux acolytes ne répondirent pas.

Décidément, pensa Lynch, *celle-là, depuis que je l'ai sautée dans un moment d'égarement, elle n'en rate pas une pour m'envoyer une pique. Et en plus, c'était même pas un bon coup !*

Barn fonça chez Cousteau. Sa caisse, une vieille Bentley, était garée devant la baraque. Il frappa à la porte. Même bruit de savates que l'autre fois. La vieille lui ouvrit. *Toujours aussi moche*, pensa-t-il. Le « gamin » devait être dans son bathyscaphe. Qu'y faisait-il à présent qu'il ne pouvait plus mâter sa belle voisine sous la douche ?

Cette fois la vieille ne sourit pas. Elle ne lui proposa pas non plus d'entrer.

— Ça va ? s'enquit Barn.

— Non. Le gamin a découvert que quelqu'un était entré dans son sous-marin et il est très en colère. J'ai bien sûr pas dit que c'était moi et que je vous l'avais fait visiter, il m'aurait tuée.

— Il est si violent que ça ?

— Depuis qu'il est petit, il est très colérique. Il tient ça de ma belle-mère. Une peste. Dieu ait son âme, murmura-t-elle en se signant.

— Et comment s'est-il aperçu qu'on était allé dans son sous-marin ? demanda Barn avec un air naïf.

— Ben justement, j'en sais rien ! s'exclama la vieille. On n'a pourtant touché à rien. Mais je m'demande s'il n'a pas vu que j'avais fait la poussière…

— C'est sans doute ça. Écoutez, il faut que je lui cause.

— Ah bon ? Pourquoi ?

— Parce que j'ai un ami journaliste à qui j'ai parlé de la formidable construction de votre petit génie et qui voudrait faire un reportage sur lui. Avec vous sur la photo, ajouta-t-il.

La mère Cousteau roucoula de plaisir. Barn avait touché sa corde sensible. Elle se voyait déjà vedette du quartier ! De là à passer à la télé, y avait qu'un pas. Puis un film sur elle et son fils peut-être ? La gloire…

Elle arbora un sourire radieux – déjà de star – et ouvrit la porte toute grande pour accueillir le bienfaiteur de l'humanité.

— Mais… Vous n'allez pas lui dire que vous êtes entré dans son sous-marin, hein ?

— Non, non, la rassura-t-il, je vais juste lui expliquer que je suis venu chercher le courrier de ma cousine et que j'ai vu son chef-d'œuvre par la fenêtre de votre cuisine.

Elle poussa un soupir de soulagement.

— Au fait, dit Barn, si vous voyez ma cousine, ne lui parlez pas de moi. Je voudrais lui faire une surprise.

— D'accord !

— Elle vous semblait heureuse ?

— Oh oui ! Surtout ces derniers temps. Elle avait l'air d'avoir rajeuni.

— Hé, hé, ironisa Barn, y aurait pas de l'amour dans l'air ?

— Vous voulez dire qu'elle trompait son mari ?

— Peut-être… Ça arrive, non ?

— Elle m'a rien dit. Mais j'ai toujours trouvé ce type malsain. Même si elle prétendait que toutes ces accusations c'étaient des mensonges, moi, je sais qu'il y a pas de fumée sans feu. Venez, je vais prévenir la vedette !

La vedette avait une bonne trentaine d'années, les cheveux gras et noirs qui pendouillaient sur son front, comme des limaces, des lunettes à grosses montures recollées par un sparadrap et un bide de pilier de comptoir. Côté vestimentaire, c'était pas mal non plus. Un pantalon plein de taches et un tee-shirt moulant ses bourrelets.

— Mon Filou, y a monsieur qui est le cousin de notre voisine, Claire. Il est ami avec un grand journaliste et il veut parler de ton invention dans son magazine, tu te rends compte ?

Le capitaine Nemo avait l'air méfiant. Il n'accueillit pas la nouvelle avec autant d'enthousiasme que sa génitrice.

— Y veut quoi ce paparazzi de mes couilles ? éructa-t-il.

Le langage était en parfaite harmonie avec le personnage. Tout droit sorti d'une poubelle.

— Je peux entrer dans votre sous-marin ? demanda Barn.

— Personne n'entre chez moi. C'est top secret, ici.

— Monsieur n'est pas russe ! crut bon de préciser la vieille.

— J'ai besoin de vous parler seul à seul, murmura Barn au grand navigateur en eaux troubles.

Avec un peu de chance, sa mère était à moitié sourde.

— Ah oui, pourquoi ?

— Police, chuchota Barn.

La vieille souriait toujours, signe qu'effectivement elle n'avait pas capté. Mais le fiston, lui, changea de couleur. Du bleu des mers du Sud, il passa au gris de la mer du Nord.

— M'man, laisse-nous seuls. Je dois parler avec monsieur.

— Ah bon, soupira-t-elle visiblement déçue.

Quand elle fut repartie vers sa cuisine, Barn expliqua au gars la raison de sa visite. Il lui fit comprendre qu'il était dans de sales draps à cause de l'explosion. Qu'il y avait enquête et qu'il risquait fort d'être soupçonné de meurtre.

— J'ai rien à voir là-dedans ! s'énerva-t-il. C'est pas parce que j'ai mâté cette fille que c'est moi le coupable quand même !

— La police envisage toutes les hypothèses. Mais vous pouvez aussi décider de collaborer…

— Comment ça ?

— En nous disant par exemple TOUT ce que vous avez vu et qui aurait pu nous échapper. Des détails apparemment sans importance qui pourraient faire avancer l'enquête…

— J'ai rien vu de spécial.

Barn sut tout de suite qu'il mentait.

— Tant pis. On va être obligés de vous convoquer à la police et de vous maintenir en garde à vue.

Visiblement, ça ne lui plaisait pas du tout au plongeur ! Les flics, ça ne devait pas être sa tasse de thé. Il réfléchit avant de reprendre la parole.

— Si je cause, on me foutra la paix ?

— Ça dépend de l'info.

— J'ai vu quelqu'un s'enfuir de la villa un peu avant qu'elle explose.

— Ah ! Vous voyez quand vous vous creusez un peu le neurone… C'était quelqu'un que vous connaissiez ?

— Ben… Au début, j'ai cru que c'était le mari d'Alice parce qu'il était très grand comme lui. Mais c'était pas le genre de vêtements qu'il portait d'habitude. Il était toujours en pantalon et chemise. Look classique, chics, quoi. Celui qui s'est cassé de la baraque, il portait une salopette d'ouvrier. Et comme il savait même pas planter un clou, l'autre con, y a peu de chance qu'il se soit mis au bricolage. Je l'sais parce que, parfois, sa femme m'appelait pour réparer des trucs chez eux.

— Elle ne vous demandait rien d'autre ?

— Hé, vous insinuez quoi là, hein ? C'est une femme bien. Pas une pute.

— Les putes sont des femmes bien aussi, rectifia Barn.

Nemo le regarda de ses yeux vides. Là, ça le dépassait qu'un crétin de flic pense des conneries pareilles !

— De toute façon, Luc Doms est mort. On a retrouvé sa main. Tiens, à ce propos, fit-il en extirpant son portable de sa poche, je vais appeler l'institut médico-légal pour voir. On sera fixés.

Barn tomba directement sur le légiste qui ne se doutait même pas que la main n'était plus dans son frigo. Il allait rarement contempler les « vieilles reliques », comme il les appelait. Une fois qu'elles étaient passées au labo, elles devenaient pour lui des affaires classées.

— Sa femme est venue et elle a reconnu l'alliance de son mari. Pour ce qui est des analyses, n'ayant pas d'éléments de comparaison, on a juste pu déterminer le groupe sanguin, O +, qui, toujours d'après son épouse, est bien le sien. Mais il n'est pas le seul sur cette planète ! Moi, par exemple, je suis du même groupe.

— Bon, tout porte donc à croire qu'il s'agit effectivement de la main de Luc Doms, conclut Barn.

— Oui. Sinon, ça va, vous ? demanda le légiste qui était en mal de conversation.

— Ça va. Je suis sur le point d'embarquer dans un sous-marin.

Il entendit un gros soupir. Le légiste devait se demander s'il se fichait de sa tronche ou s'il avait pété un boulon.

— Attention aux requins, dit-il avant de raccrocher. Ils aiment les poulets.

12

— Hé, vous voulez un bonbon ?

Nicki se retourna et vit son pote le clochard, sur-nommé Ben, assis la plupart du temps sur le banc en face de chez elle, dans le parc. Elle aimait bien ce gars-là. Savait pas pourquoi. Il était toujours souriant, zen, apaisant. C'était son soleil de la journée. Il avait chaque fois un mot gentil pour ceux qui prenaient la peine de lui parler. Nicki l'avait connu quelques mois après avoir emménagé dans ce quartier. La première fois, il lui avait proposé un bonbon rouge. Comme ceux qu'elle préférait quand elle était petite. D'abord méfiante, elle avait refusé. Il avait dit : « Pas grave », et l'avait remis dans sa poche, un peu triste.

Nicki était incapable de lui donner un âge. Sa barbe hirsute et ses cheveux en bataille, grisonnants, son manteau râpé mais amusant : une ancienne vareuse de capitaine d'un bleu passé, avec des boutons qui avaient dû être dorés, contribuait à faire de lui un personnage hors du temps et surtout hors du commun.

Elle ne savait rien de lui. Il ne savait rien d'elle non plus. Il était amnésique. Peu à peu, ils avaient sympathisé et le rituel du bonbon était devenu leur histoire d'amour.

— Ma parole, vous me suivez ! plaisanta Nicki.

— J'ai quelque chose à vous dire…

— Je vous écoute.

— J'ai tout vu !

— Vu quoi ? demanda Nicki.

— L'explosion. J'étais là.

Elle le regarda, incrédule.

— Qu'est-ce vous fichiez là ?

— Le hasard. Vous ne croyez pas au hasard ?

— Si, mais bon…

— Donc, vous n'y croyez pas, conclut Ben qui s'apprêtait à faire demi-tour.

— Si, si ! Revenez et racontez-moi ce que vous avez vu, ça m'intéresse. Vous voulez qu'on parle autour d'un verre quelque part ?

— J'voudrais pas vous faire honte.

— Ça vous dirait de prendre une douche et de changer de vêtements ?

— Euh… J'suis pas prêt à ça. Je me lave dans l'étang quand y a plus personne. Changer de vêtements, ce serait comme changer de maison pour vous. Comprenez ? C'est tout ce que j'ai, dit-il en montrant sa vareuse. Et ma mémoire, elle est là-dedans. Je sens qu'il y a des trucs cousus dans l'ourlet…

— Vous n'êtes pas tenté de le découdre pour voir ce que c'est ?

— Un jour, peut-être. Ça me fait peur. Imaginez que je trouve des choses qui m'aident à me rappeler quelques éléments de mon passé…

— Votre vie d'avant était peut-être formidable ! le rassura Nicki.

— Vous croyez ? Pour que je sois ainsi aujourd'hui, j'en doute. Je pense plutôt qu'elle s'est passée en enfer.

— Bon. Mais sachez que si vous avez envie de prendre un bon bain et de changer de vêtements, vous pouvez venir chez moi. Idem si vous avez faim.

— Vous êtes gentille. Mais ça va, je me débrouille. J'aime ma liberté. La plupart des gens passent sans me remarquer. Je suis comme un fantôme. Personne ne m'embête.

— Alors, qu'est-ce que vous avez vu ?

— Un grand type avec une salopette d'ouvrier qui est sorti de la maison un peu avant l'explosion. Il a traversé la rue et il a lancé une main dans un arbre.

— Quoi ?

— Oui. Une main coupée. Il ne s'est pas aperçu que j'étais là. Me suis caché derrière un mur. Puis il est parti en courant.

— Vous pourriez le reconnaître ?

— Je crois.

— C'est vraiment important ce que vous venez de me dire ! Merci beaucoup.

Ben lui glissa un bonbon rouge dans la main et repartit vers son banc.

13

En allant vers le quartier de la gare où se trouvait l'appartement de la sœur de Claire Sanders, Lynch s'était arrêté machinalement à l'asile Saint-James, où son frère avait été interné. C'était sur le chemin. Il savait bien que si on l'avait retrouvé, il aurait été averti en premier. Il était sa seule famille. Franky avait disjoncté à la mort de leur mère. Comme s'il était resté bloqué dans son enfance. La dernière fois qu'il l'avait vu à l'asile, il fabriquait des igloos avec des pots de yaourt. Il avait plus de trente ans. Puis ça s'était gâté et il était devenu dangereux. Il pouvait passer de l'état d'enfant, où il bégayait, à celui d'un adulte tout à fait normal – du moins en apparence – et doté d'une très bonne élocution. C'est là qu'il devenait cruel. Franky avait décapité les cygnes du parc attenant à l'asile et enfilé leurs têtes comme des perles. Puis il en avait garni les branches des arbres…

Monsieur Green, le directeur de l'asile avait l'air désolé en apprenant à Lynch qu'il n'avait aucune nouvelle.

— Et vous, puisque vous êtes de la police, je suppose que vous avez fait des recherches ? avait-il ajouté.

L'inspecteur mentit et lui assura que tous les moyens avaient été mis en œuvre pour le retrouver. Au fond de lui, il préférait imaginer son « petit frère » libre, peut-être quelque part en Alaska puisqu'il avait toujours eu une passion pour les Esquimaux, plutôt qu'enfermé dans un asile d'aliénés. En réalité, il était content que le directeur n'ait pas de nouvelles. Il n'imaginait pas son frère commettre un crime. Certes, il avait eu des actes de folie, mais ça n'en faisait pas un meurtrier. Il le connaissait bien. Ils avaient joué ensemble. Même qu'un jour, il avait sauvé un gosse qui se noyait.

— Faites le maximum pour le retrouver, avait conclu le directeur. Il peut devenir très dangereux. Vous ne l'ignorez pas. Souvenez-vous de ce que vous a dit le docteur Hofman, qui est un grand psychiatre.

Lynch était parti en le traitant mentalement de crétin. Quant au psy, il avait toujours eu un problème avec ces gens-là. À part quelques exceptions, tous ceux qu'il avait connus étaient plus fêlés que leurs clients. Il s'était d'ailleurs toujours demandé comment ils pouvaient soigner les autres alors que, visiblement, ils étaient incapables de gérer leur propre vie. Il en avait connu une dont le mari s'était pendu. Elle shootait dans les chiens sur son passage. La seule psy qui trouvait grâce à ses yeux était celle de Tony Soprano. Parce qu'elle était baisable.

L'appartement de la frangine de Claire Sanders était situé au-dessus du Bistrot des Voyageurs. Il alla boire un coup avant d'aller chez elle. Besoin d'évacuer les images de l'asile. Il commanda un pastis. Les seuls voyageurs ici étaient des marins de comptoir qui refaisaient le monde autour d'un verre. Tous leurs rêves étaient inscrits sur leur nez rouge. Combien d'entre eux avaient passé leur vie à s'imaginer ailleurs, mettant les voiles pour un paradis de carte postale ? Et combien étaient restés là, ancrés dans leurs petites habitudes qui s'agrippaient à eux comme des sangsues. Lynch aussi, il en avait connu de ces rêves sur canapé, avec un parasol au-dessus des angoisses. Mais sa vie avait été assez mouvementée pour ne pas s'ennuyer.

— Tu sais que t'as une gueule d'ange, toi ! lança un motard qui mâtait les fesses de la serveuse.

— Les anges, ça se boit en cocktail. Mais pas à la paille. Parce que les plumes ne passent pas. Et t'as pas c'qui faut pour faire cul sec.

Lynch avala son verre et en recommanda un autre avant de se rendre à l'appartement du dessus. Besoin de vitamines… Ça sentait l'urine dans l'escalier. Un vrai bonheur ! Les poivrots devaient venir se soulager ici de temps en temps. Il frappa à la porte en bois. Attendit un moment. Il espérait qu'il y avait quelqu'un. Pas envie de revenir. Il frappa de nouveau mais plus fort. Cette fois, il entendit des bruits de pas.

Une femme sèche ouvrit la porte. Du genre pas commode, robe fermée jusqu'au cou, bas noirs, chaussures de marche. *Une vraie vierge de cinquante piges*, pensa Lynch. À mettre dans un musée. La peau diaphane, en pelure d'oignon. Même avec une double dose de Viagra, à moins d'être aveugle, aucun mâle ne pourrait bander devant ce cep de vigne. Comme disait le grand-père de Lynch, qui était belge : « Elle a été bercée trop près du mur… »

— C'est pourquoi ?

Lynch eut envie de lui répondre : « Pour faire une partie de jambes en l'air. » Il l'imaginait poussant de hauts cris et lui claquant la porte au nez.

— Je suis venu voir votre sœur.

— Qu'est-ce que vous lui voulez ? demanda-t-elle, méfiante.

— Lui poser quelques questions.

— À quel sujet ?

Elle commençait sérieusement à le gonfler avec ses airs de garde chiourme.

— Police ! fit-il en montrant sa carte.

Elle se renfrogna et lui ouvrit de mauvaise grâce.

— Claire ! cria-t-elle, y a un policier pour toi.

— Un policier ? répéta une voix au fond du couloir.

Claire Sanders arriva. Elle ne ressemblait pas du tout à sa sœur. Plutôt jolie, élancée et le teint frais. Petite robe foncée mais seyante. Les cheveux mi-longs. L'inspecteur la sentit angoissée. La visite d'un flic suscite rarement l'enthousiasme.

— Je peux vous voir seule ? demanda-t-il.

— Nous n'avons pas de secrets l'une pour l'autre, asséna la vieille bique.

Claire approuva d'un mouvement de tête.

— Très bien…

L'autre pimbêche s'assit avec un sourire triomphant. Ah, il avait essayé de l'évincer ? Pauv' type, va !

Elle ne lui proposa ni à boire ni de s'asseoir. D'office, il prit place dans le fauteuil en face du canapé orné d'un napperon de dentelle. *Ringard !* pensa Lynch. Il jeta un œil autour de lui. Que des meubles de vieux. Sombres. Avec des tapisseries pour mémés sur les murs. Et un crucifix sur la cheminée. Manquait un baromètre d'Ostende orné de coquillages ! La frangine n'allait sûrement pas tenir le coup longtemps dans cette ambiance mortuaire. Pas le genre.

— Vous n'êtes pas sans savoir que nous menons une enquête à la suite de l'explosion de la villa des Doms, où votre mari a trouvé la mort…

La bigote se signa. Elle avait dû naître le cul dans le bénitier ou tomber amoureuse de Jésus à la puberté, faute de se faire tripoter.

— J'espère que vous allez vite trouver l'auteur de… cet attentat, souhaita Claire Sanders.

— On fait tout pour, assura l'inspecteur.

— Qu'est-ce que ma sœur à avoir là-dedans ? siffla la teigneuse.

Lynch l'ignora et alla droit au but en tendant l'enveloppe contenant la lettre d'amour à Claire.

— Dites-moi pourquoi vous faites déposer votre courrier chez la voisine et pas ici ?

— Parce que le facteur nous connaît toutes les deux et que c'est plus simple pour l'instant, puisque je suis ici en attendant de trouver un appartement, répondit-elle sans se démonter. Pas la peine de faire un changement d'adresse.

— Je lui ai dit que ça lui coûterait moins cher de rester avec moi, soupira sa sœur, espérant subitement avoir un allié en la personne de l'inspecteur. Elle pourra m'aider, et en échange, elle fera des économies de loyer.

Mais il ne répondit pas. Ainsi, le but de la peau de vache était de mettre le grappin sur sa frangine pour l'assigner aux tâches ménagères et crocheter ses petites merdes tranquille.

Claire Sanders tiqua en voyant que son courrier avait été ouvert. Elle extirpa la lettre et la lut sans un mot.

— Il y a erreur, affirma-t-elle sans sourciller. Je ne connais pas cet homme.

— Ah bon ? Pourtant, elle vous est bien adressée, assura Barn.

La vieille fille saisit la lettre et la lut à son tour. À la fin, elle poussa des cris indignés, pire que si le diable avait fouillé dans sa culotte.

— Je vous dis que je ne connais pas cet homme, réaffirma Claire.

— Vous pourriez avoir un amant.

— Oh ! lâcha l'autre.

— Non, vous faites fausse route. J'aimais mon mari.

— Malgré tout ce dont on l'a accusé ?

— Ce n'étaient que mensonges. Les affabulations d'une gamine qui fantasmait sur lui parce qu'il avait du charme. Et comme il n'aimait que moi et n'a jamais succombé à ses avances, elle s'est vengée. Cette peste a failli briser sa carrière. Il a eu bien du mal à s'en remettre parce que les gens doutaient. Il a beaucoup souffert du regard suspicieux qu'on lui lançait. D'ailleurs, on a déménagé.

— Excusez-moi, insista Lynch, mais je crois savoir qu'entre votre mari et vous, les draps de lit étaient… secs !

Claire Sanders rougit. Sa sœur étouffa un cri.

— Qui vous a dit ça ? éructa-t-elle.

— Peu importe. Je le sais.

— Mensonges ! Mon mari et moi nous nous entendions parfaitement. D'ailleurs, peu de couples auraient traversé de telles calomnies. Il a été traîné dans la boue par les journaux.

— Donc, vous n'avez jamais eu aucun doute à son égard.

— Jamais, affirma-t-elle avec aplomb. Mon mari était quelqu'un de droit et d'honnête.

76

— C'est vrai, approuva l'autre.

— Avez-vous une idée de qui a bien pu vous envoyer cette lettre, et pourquoi ? demanda-t-il en reprenant le courrier.

Un instant il crut qu'elle allait s'insurger, mais elle n'en fit rien. Maligne ?

— Aucune idée, commissaire.

— Inspecteur.

— Quelqu'un qui cherche à m'attirer des ennuis, sûrement.

— C'est peut-être cette sale gamine qui a accusé ton mari, suggéra la sœur. Ces gens-là ne lâchent jamais leur proie. Elle serait bien capable de l'avoir tué.

— Comment ça ? fit Lynch. C'est grave ce que vous avancez là !

— Quand vous aurez vu son père, vous comprendrez, dit-elle d'un air entendu en regardant Claire.

Lynch les salua et sortit en poussant un soupir de soulagement. Cet appartement puait la mort. Pas celle qui vient vous prendre d'un coup, non, mais la petite mort lente qui traîne ses guenilles et avance en chuintant, dégoulinante de poison. Une mort qui s'installe insidieusement derrière les photos souvenirs, sous les coussins des fauteuils, dans les vieilles boîtes à biscuits. Et un jour, alors que vous avez envie de vous réveiller parce qu'un rayon de soleil a réussi à passer entre les rideaux de poussière, il est trop tard.

Une fois dehors, Lynch respira un bon coup. Il remplit ses poumons d'air frais. Et il passa voir Coco. Une bouffée d'oxygène à elle toute seule. Il aimait bien cette fille. Son côté Joséphine Baker – sans les bananes – l'amusait. Pas prise de tête pour un sou. Les choses

77

étaient simples. Il la payait pour s'envoyer en l'air, et au revoir Berthe. Le pied !

Il espérait qu'elle ne soit pas inquiétée avec cette histoire de photo. Il ferait de toute façon tout pour la protéger. Comme avec son frère… Même si tout ça n'était pas très légal, il s'en fichait et pensait que tout le monde avait le droit d'avoir ses faiblesses. Il avait entière confiance en Coco et savait qu'elle n'avait rien à voir avec cette affaire. Mais il avait peur pour elle. Peur qu'un maniaque cherche à jouer avec ses nerfs, Dieu sait pour quelle raison.

Coco l'attendait dans un déshabillé rose, couleur qu'elle aimait particulièrement. C'était pas sa tasse de thé, à Lynch, qui préférait le rouge, plus diabolique. De toute manière, elle n'allait pas le garder longtemps !

— J'te fais quoi mon poussin ? Tsunami ? Kama Sutra ? Missionnaire ? Ou une bonne pipe ?

Au moins, c'était direct. Pas de perte de temps. À la carte.

Lynch opta pour une petite pipe. Il avait les vertèbres un peu tassées et l'estomac chiffon à cause des pastis. Pas le moment de se lancer dans des exercices à faire pâlir Jean-Claude Van Damme.

— Mais avant, t'enlèves ta tenue de Barbie, demanda l'inspecteur. Pas envie de me faire sucer par un Chamallow !

Coco ne se fit pas prier et se flanqua à poil en un clin d'œil. Puis, elle se mit au travail. C'était vraiment sa spécialité le sucre d'orge ! Elle vous enroulait la langue autour du gland et vous léchait ça dans un mouvement de vrille qui donnait des frissons jusque dans l'échine. Lynch se pâmait. Le paradis au bout de la queue. Avec des nuages gorgés de paillettes autour. Après le feu d'artifice, l'inspecteur s'allongea sur le lit. Il voyait des elfes au plafond.

— Tu devrais venir suivre des cours de rumba avec moi, suggéra Coco. C'est extra pour oublier tous ses tracas.

— J'sais pas danser.

— Justement, t'apprendras. Et tu rencontreras des gens qui ont des rêves plein la tête. Ça te changera de ceux qui t'apportent leurs misères.

— Faut pas écouter les rêves des autres. Même que des fois, ça s'attrape pire que des maladies. Et qu'on peut en mourir…

Quand il ne resta plus que la fée Clochette au plafond, Lynch se redressa et demanda à Coco si elle connaissait ce type dont elle avait reçu la photo.

— Non, c'était pas un de mes clients. Dommage. Il était plutôt pas mal ! Par contre, quand Barn est parti, j'ai fouillé dans ma poubelle et j'ai retrouvé l'enveloppe. Pleine de sauce spaghetti, ajouta-t-elle en la lui tendant.

Lynch la prit et eut un hoquet.

— Mais elle ne t'est pas adressée !

— Ah bon ? J'ai pas fait attention. Je l'ai juste cherchée parce que ça avait l'air d'intéresser ton collègue. Le gros porc de concierge est en vacances. Son remplaçant a dû se tromper. C'est pour qui ?

— Une certaine Clara Pampa. Un drôle de nom !

— Oh ! s'exclama Coco, c'est la pute du dessus !

— Et ben, on va aller lui dire bonjour, proposa Lynch.

— J'te préviens, fit Coco en enfilant un peignoir, au cas où t'aurais envie de changer de crèmerie, elle suce que les bling-bling. Le poulet compote, c'est pas son truc.

14

Ça sentait le rance, ces coupures de journaux. Qu'est-ce que la mère de Cousteau avait mis dans la boîte ? Barn fouilla et y trouva un vieux morceau de biscuit tout écrasé. Il se mit à lire attentivement tous les articles. Ça parlait surtout du procès intenté par une certaine Laure Duchamp à son professeur d'histoire Jim Sanders. Mineure à l'époque des faits, celle-ci racontait avec force détails les attouchements dont elle avait été victime ainsi que, d'après ses dires, certaines de ses compagnes de classe qui, elles, avaient préféré garder le silence. Évidemment, Sanders niait farouchement et prétendait que tout cela n'était que pures divagations dans un but de vengeance parce qu'il n'avait pas donné la moyenne à cette élève qu'il jugeait mauvaise. En outre, il soupçonnait son père de lui avoir soufflé l'idée. Plus que les articles, c'était surtout la photo du prof qui interpellait Barn. En fait, cet homme lui faisait mal au cœur. Il donnait envie de le défendre. Après avoir lu tous les papiers, Barn les rangea dans la boîte et enfila sa veste. Il faisait beau dehors. C'était presque les vacances. Il espérait avoir ses deux petites filles au moins pour un mois. Mais chaque fois qu'il essayait d'en parler à leur mère, elle répondait immanquablement : « On verra. » Fallait qu'il lui fasse quoi ? Lui envoyer encore plus de pognon ? Aller pleurer sur le pas de sa porte, ou lui sucer les bigoudis ?

C'était pas encore entre les pattes d'un avocat. Pendant un moment, il avait espéré qu'elle revienne. Maintenant, il n'en était plus sûr du tout. Même si ses filles lui manquaient, il s'était habitué à sa vie de célibataire, avec Coco pour faire briller ses valseuses et calmer ses angoisses.

Avant de s'en aller, il veilla à ce que Midnight, son chat caractériel, ait son bol de lait rempli, puis il ferma la porte.

Hier il avait reçu un message de Lynch après sa visite chez Claire Sanders. Il disait qu'elle niait avoir un amant, et qu'il allait déposer la lettre au labo. Pas de commentaires sur ce qu'il pensait de la jeune femme. Si elle mentait, elle devenait suspecte dans le sens où, connaissant l'empressement de son mari à aider Alice Doms à porter ses courses chaque fois qu'elle rentrait chez elle, elle aurait très bien pu placer un explosif derrière la porte. Il suffisait qu'elle soit allée rendre visite à Luc un peu avant, sous un prétexte quelconque. Les explosifs, ça s'achète. Suffit de connaître les filons et de payer. Mais pourquoi aurait-elle sacrifié Jim ? Peut-être n'avait-elle pas trouvé d'autre solution ? Il est vrai qu'après les accusations portées contre lui, il n'apparaissait pas vraiment comme un personnage très sympathique. Mais de là à le tuer. À moins qu'elle ait payé quelqu'un pour faire la sale besogne… Et si elle disait vrai, alors c'est qu'elle était victime d'une machination ou d'un maître chanteur. Qui pouvait lui en vouloir à elle, et pour quelle raison ? La grosse question aujourd'hui était de savoir qui, dans cette explosion, était visé. Alice ? Son mari ? Le voisin ?

Barn se promit d'aller rendre visite à la fille qui avait porté plainte contre Jim. Plus tard. D'abord, il allait fouiller ce qui restait de la demeure des Sanders. Claire étant chez sa sœur, il ne serait pas dérangé.

Il prit un taxi et demanda à être déposé un peu plus loin, histoire de passer inaperçu. Avant de pénétrer dans la maison, par l'arrière, il s'assura que personne ne rôdait dans les alentours. Puis il enjamba le rebord de la fenêtre. Facile, il n'y avait plus de vitres. Toutes volées en éclats ! Vu les bandes d'interdiction de circuler installées par les flics tout autour de la villa, il y avait peu de chances que des voleurs s'aventurent dans le coin. La visite serait vite faite. Il restait la cuisine et la cave. Tout le côté droit, le plus proche de la villa, n'était que ruines.

Barn commença par ouvrir les tiroirs. Ils ne contenaient que des ustensiles ménagers. Idem pour les armoires. Puis il descendit à la cave. Un débarras. Des paniers à linge et autres bonheurs de ménagère. Il allait rentrer bredouille.

Au moment où il s'apprêtait à partir, il eut le regard attiré par un vieux coucou qui lui rappelait celui de sa grand-mère. Il s'était sans doute arrêté avec l'explosion. Machinalement, Barn le décrocha pour voir ce qui clochait. Il n'était pas bricoleur, mais en coucou, il s'y connaissait. C'était toujours lui qui réparait celui de sa mémé, et elle en était fière. Il l'ouvrit, et découvrit trois lettres finement pliées à l'intérieur. Il les déplia et les lut. Trois lettres d'amour, signées Michel. Il remit le coucou à sa place et glissa les lettres dans sa poche.

Maintenant, Claire Sanders ne pourrait plus nier avoir un amant.

Il s'en alla par où il était entré. Au moment où il allait contourner le mur de la baraque, il vit sortir une femme endimanchée de chez les Cousteau. Intrigué, il avança un peu et, à sa grande surprise, reconnut Paulette. Sur son trente et un ! C'était plus la mémé hirsute avec son tablier à fleurs et ses pantoufles. Elle avait presque de l'allure ! Bien coiffée, chapeau et imper chic assorti aux chaussures. Barn hallucinait. Où allait-elle comme ça ?

Il décida de la suivre. Monta dans le même bus qu'elle en ayant soin de rester bien à l'arrière, où il y avait le plus de monde. Pas loin de lui, un couple en train de s'engueuler attira l'attention des passagers.

— J'préfère qu'on m'le dise devant plutôt que par-derrière.

— T'as qu'à te retourner !

Barn se fit tout petit pour pas que Paulette le remarque. Mais elle avait visiblement la tête ailleurs. Elle descendit à l'arrêt près de l'église. Il la fila jusque dans le quartier des Africains. Là, elle pénétra dans un immeuble déglingué avec des tissus colorés qui pendaient aux fenêtres. Une bande de gamins jouait dans la rue. Barn aborda une vieille femme qui faisait sa tambouille dehors, assise sur le pas de la porte de l'immeuble voisin. Il lui demanda si elle connaissait les gens qui habitaient à côté.

— Pourquoi tu me demandes ça ? fit-elle, méfiante.

— Parce que je cherche une amie qui habite dans le quartier. J'ai perdu son adresse. Je me souviens seulement qu'elle vit par ici. Je suis tombé amoureux, lui souffla-t-il sur le ton de la confidence.

La vieille lui adressa un grand sourire tout blanc malgré son âge. *Les histoires d'amour, ça plaît toujours*, pensa Barn.

— Elle s'appelle Anita.

— Je la connais pas, dit la vieille. Mais si tu l'as perdue, je peux t'aider.

— Ah bon ?

— Tu vas aller voir Mamadou de ma part. C'est un très bon marabout. Il peut te la retrouver et te donner des gris-gris pour la chance. Viens, lui dit-elle en faisant un signe du doigt pour qu'il s'approche. Il peut même jeter un sort pour qu'elle rampe à tes pieds comme un chien fidèle ou éloigner tous ceux qui s'approcheront d'elle. Il a le mauvais œil ! chuchotat-elle d'un air complice.

Barn allait partir sans lui demander l'adresse du faiseur de miracles. Il s'en fichait totalement de toutes ces conneries. Mais quand elle lui lança qu'il habitait juste à côté et que beaucoup de gens venaient le consulter, il reconsidéra la question.

— Tu y vas de la part de mamy Gadou. Il te fera passer avant les autres.

L'inspecteur lui glissa un billet qu'elle cacha aussitôt dans son corsage.

— Dieu te garde, mon fils !

Ça peut toujours servir, pensa-t-il.

Et si la mère Cousteau était allée voir le marabout ? Sans doute pas pour qu'il lui trouve le prince charmant – les miracles ont des limites !

Barn se planqua dans un petit rade, pas loin, en attendant de la voir sortir. Au moins, dans ce quartier, les gens avaient l'air de s'amuser.

— Tu crois qu'on peut mourir de rire ? lui avait demandé un jour sa femme.

Et il lui avait répondu :

— Non, pas de rire. On ne meurt que de chagrin. La morosité est un cancer qui se soigne avec la lumière. Faut partir.

Elle l'avait écouté.

15

Toc ! Toc !

Lynch et Coco se tenaient sur le pas de la porte de Clara Pampa, la pute du dessus.

Pas de réponse.

— J'crois qu'elle bosse, fit Coco.

— Police ! annonça Lynch.

Le mot miracle qui en général ouvrait la caverne d'Ali Baba. Mais là, toujours rien. Pas le moindre bruit.

— Elle est peut-être sortie. Je vais demander au gardien, dit Coco, bouge pas.

Lynch l'entendit descendre les escaliers. Petits pas de souris. Normal, elle avait des petits pieds. Il s'appuya contre la rambarde en attendant. Quelques minutes plus tard, elle revint accompagnée du gardien qui tenait un trousseau de clefs.

— Bonne initiative, siffla l'inspecteur.

Coco lui sourit.

— Depuis le temps que je baise des flics, je sais comment fonctionne la police. Y en a qui ont plus souvent pieuté dans mon lit que dans celui de leur mégère.

— Elle n'est pas venue chercher son courrier, expliqua le concierge, et je ne l'ai pas vue passer ce matin.

D'habitude, c'est la première chose qu'elle fait parce qu'elle attend une lettre d'un émir qui lui a promis de l'épouser.

— Eh bé, soupira Coco, y en a qui ont du courage !

— Pourquoi tu dis ça ? demanda Lynch pendant que le concierge tripatouillait la serrure.

— Elle a des varices.

L'inspecteur sourit. Les femmes entre elles sont des requins. Et plus encore les putes et les travelos. Sans concession ! Mais toujours quand leur rivale a le dos tourné. Devant, ce sont des « ma chériie ! », « ma qué bella ! », mais le cul en prend plein la gueule.

La piaule de la bellissima puait le parfum bon marché. Mais autre chose aussi. Un mélange de sperme et de pourriture. Sur la table, une assiette avec des restes de nourriture avariée et un essaim de mouches autour. La fenêtre qui donnait sur la cour était entrouverte. Coco fonça vers la douche. Lynch l'entendit hurler !

Le gardien, apeuré, recula jusque sur le palier tandis que l'inspecteur alla rejoindre Coco qui se tenait, terrifiée, devant Clara pendue dans sa douche, le ventre ouvert vomissant ses boyaux. Du sang dégoulinait jusque sur le sol. Elle avait le visage rempli d'aiguilles, dont deux plantées dans ses yeux d'où sortait un liquide blanchâtre.

Lynch s'approcha du cadavre. Quelque chose grouillait dans ses entrailles. Incapable de faire le moindre mouvement, Coco se tenait à l'évier. Elle tremblait de tous ses membres. Un liquide chaud coula le long de ses jambes. Elle se pissait dessus.

Une sorte de grosse limace gluante remuait sur le ventre poisseux de Clara. Lynch la toucha du bout du doigt. La chose lui sauta à la figure ! Il poussa un cri atroce et envoya violemment valdinguer son agresseur qui alla s'éclater sur le mur.

Un énorme rat agonisait sur le carrelage maculé de sang. Un rat qui avait fait un festin avant de crever. Le ventre de Clara n'était plus qu'un trou béant.

Lynch espéra qu'elle y avait cru jusqu'au bout à son rêve de princesse. Et que l'émir viendrait à son enterrement.

16

L'antre du marabout était une sorte de foutoir organisé. Une caverne remplie de statuettes africaines – dont certaines avec des clous plantés à des endroits précis –, de colliers de graines enchevêtrés de plumes, de tissus dorés tendus sur les murs. Au milieu, Mamadou, dans un fauteuil en velours rouge style rococo, face à une table garnie d'objets de sorcellerie et de gris-gris. Grâce à mamy Gadou, Barn était passé devant toute la file qui attendait dans l'escalier. La vieille avait des relations. Ça puait l'encens et la viande de mouton à plein nez !

Bien que ne croyant pas à tout ce cinéma, Barn ne se sentait pas très à l'aise dans ce fatras de bizarreries. Le marabout était vêtu d'un burnous scintillant et portait de grosses bagouzes à chaque doigt. Il pria son client de s'asseoir et lui adressa un sourire éclatant, rehaussé de quelques dents en or, signe que son business marchait à fond la caisse. Barn se demanda pourquoi il n'avait pas investi dans une boule de cristal plutôt que d'entrer dans la police !

Il avait prévu d'aller droit au but et de lui montrer sa carte, en échange de quoi, si le Majax de la jungle ne voulait pas lui filer des renseignements concernant la mère Cousteau, il lui ferait comprendre qu'il avait les moyens de fermer sa boutique. Car c'était pas légal, tout ça... Mais la curiosité l'emporta, et Barn se fit passer pour un client lambda. Juste histoire de bien pouvoir se moquer de ce charlatan.

Mamadou lui demanda s'il avait une question précise.

— Parlez-moi d'amour... fit Barn.

Le marabout lui prit les mains par-dessus la table et le fixa un moment. Barn eut une drôle d'impression. Le regard perçant de ce type qui semblait pénétrer en lui pour lire ses pensées le rendait nerveux. Il se rappela *Le Village des damnés*, ce film terrifiant avec d'horribles enfants aux cheveux blancs et aux yeux rouges qui devinaient toutes les pensées et allaient tout détruire. Et, bien qu'il ne croyait pas en la télépathie, Barn se força à ne penser à rien.

Mamadou saisit un bol rempli de pierres qu'il touilla consciencieusement, les yeux fermés, avant d'en extraire une, toute bleue, qu'il posa devant son client.

— Ta femme t'a quitté. Tu te sens seul, mon frère.

Barn ne sourcilla pas. Il se disait que vu sa tenue vestimentaire et sa chemise mal repassée, fallait pas être devin pour savoir ça.

— Elle reviendra pas, dit Mamadou après avoir tiré une autre pierre.

Bon, ça c'était à prévoir.

Il attrapa ensuite un bâton garni de plumes, le secoua autour de son client et se concentra.

— Mais je vois une autre femme dans ta vie.

— Ah bon ?

— Elle va débarquer chez toi et s'installer…

Là, il se marrait intérieurement. C'est pas demain la veille qu'il allait emménager avec une autre gonzesse ! Vacciné qu'il était.

— Je ne connais personne, assura Barn, histoire de faire comprendre à ce sorcier de pacotille qu'il se fourrait le doigt dans le manioc.

— Si, si, mon frère, tu la connais.

— C'est ça, oui !

Barn n'avait pas d'ancienne petite amie. Elles étaient toutes mariées avec une flopée de mouflets et il avait perdu contact avec elles. Pas du genre à aller aux réunions des anciens de la classe ! Il avait horreur de ça.

— De toute façon, je me sens très bien tout seul.

— Tu pourras pas refuser. Elle va s'amener avec tout son barda, hé, hé…

C'est qu'il se marrait, en plus, cet olibrius !

Barn se leva, mécontent. La comédie avait assez duré. Il lui montra sa carte de police et lui expliqua qu'il n'était pas venu pour entendre ses conneries mais pour enquêter sur la dame juste avant lui.

— Secret professionnel. Je peux rien te dire.

— Très bien. Montre-moi ta licence…

— Ma quoi ? C'est quoi, ça ?

Ou il faisait l'imbécile, ou il ne savait pas de quoi parlait Barn. Qui lui fit comprendre que sans ce fabuleux papier, il perdait ses bagues en or, une partie de ses dents et toute sa panoplie, sans compter que son escalier deviendrait praticable puisque plus encombré du tout.

Mamadou soupira et avoua que la mère Cousteau était venue le consulter pour qu'il jette un sort à une certaine Alice dont elle lui avait apporté la photo. Mais il jura ses grands dieux qu'il ne pratiquait rien de tel.

— Donc, elle te paie et tu lui fais croire que tu lui rends service en échange, alors que tu ne fais rien du tout ! asséna Barn. Tu sais comment ça s'appelle, ça ?

— Du bon sens.

— Non, de l'escroquerie ! Et elle t'a dit pourquoi elle en voulait à cette fille ?

— Moi, je demande rien.

— Mon cul !

— Mais je te jure, mon frère, que…

— Ça va, ça va ! fit Barn en lui allongeant un billet.

— Parce que son fils est dingue de cette fille et qu'elle veut pas qu'il parte. Elle le veut pour elle toute seule, qu'elle a dit. Elle a pas fait un gamin pour qu'il s'en aille. Y doit s'occuper d'elle quand elle sera vieille pasqu'elle veut pas aller dans une cabane de vieux. Elle m'a dit aussi qu'il devait partir avec elle dans un sous-marin, j'ai pas bien compris…

— Tiens, t'as pas vu dans ta boule de cristal qu'on allait être envahis par les Russes ? s'étonna Barn.

— Ben, non !

— Ah, tu vois. Faut changer de métier, mon gars.

— Pour faire quoi ?

— Devenir flic par exemple.

— J'ai pas envie d'être pauvre. Et puis moi, les cadavres, j'aime pas trop. Je vais changer de boule.

Barn le trouva d'une logique implacable.

Donc, la vieille avait très bien pu, elle aussi, payer quelqu'un pour mettre un explosif chez son encombrante voisine… Et comme elle avait raté son coup, elle essayait un autre moyen.

Au moment où l'inspecteur allait refermer la porte de l'antre de sorcellerie, Mamadou lui lança :

— La prochaine fois, mon frère, quand tu reviendras me voir, tes chemises seront repassées…

Le con ! pensa Barn en claquant la porte.

17

Pendant que l'hôtel de passe où logeait Coco grouillait de flics bourdonnant comme un essaim autour de la pute pendue, Lynch avait décidé d'aller rendre visite à Arnaud Lester, le neveu de Luc Doms. Devenu l'héritier de la collection de *netsuke*, il était en première ligne parmi les suspects. Il l'avait prévenu de son arrivée.

Le château où il habitait semblait sortir d'un film de Tim Burton. Lugubre et déglingué à souhait. Des racines rongeaient la façade, tels des gros serpents bruns et gluants. Les fenêtres étaient occultées par une végétation envahissante et sèche, comme si la nature s'efforçait d'engloutir cette demeure.

Arnaud vivait seul depuis la mort de sa mère et de son beau-père. Lynch tira sur la cloche qui pendait près de la porte d'entrée. Il attendit un moment avant que le maître des lieux vienne lui ouvrir. Traverser les pièces d'un château relevait d'une expédition.

Certes, Lynch s'attendait à trouver un curieux personnage, mais pas à ce point ! Arnaud était un mélange de dandy et de skinhead. Crâne rasé, tatoué de signes cabalistiques, veste noire cintrée, foulard en soie et jupe écossaise. Il avait dû mal comprendre le concept de Jean-Paul Gaultier. Son accoutrement ressemblait à une tambouille hétéroclite. Sa voix de fausset s'harmonisait avec l'ensemble. Il fit entrer Lynch en lui adressant un grand sourire. L'inspecteur eut l'impression désagréable qu'il le détaillait de dos, comme on jauge un morceau de viande. Peut-être le trouvait-il à son goût ? Lynch frissonna.

La grande pièce qui donnait dans le hall était sinistre et froide. Rien ici ne permettait de deviner qu'on était en été. Pas un seul rayon de soleil ne filtrait à travers les vitraux. Un tombeau perdu au milieu d'un champ rempli d'orties et de ronces. Machinalement, Lynch regarda s'il n'y avait pas une vitrine contenant les *netsuke*. Mais il n'y avait rien de tel, du moins dans cette pièce. Il s'arrêta un instant devant un portrait de femme, plutôt austère.

— C'est ma mère, fit Arnaud en suivant le regard de son hôte. Elle était sublime, n'est-ce pas ?

— Oui, pas mal.

— Pas mal ? Mon Dieu ! s'offusqua le châtelain, mais vous n'y connaissez rien en femmes !

— Parce que vous, oui ?

— Ma mère symbolise toutes les femmes. Elle est une pierre du rêve enfoui sous le soleil noir.

Bon, d'accord... Si l'autre tarlouze s'évade dans ses délires lyriques, on n'est pas sortis de l'auberge, pensa Lynch.

— Vous n'avez pas exposé les *netsuke* dont vous avez hérité ?

— Ils sont dans un coffre à la banque. Encore bloqués pour le moment. Formalités testamentaires. Mais j'espère les récupérer bien vite pour pouvoir les admirer.

Mais vous n'êtes pas là pour me parler d'art. J'imagine que vous êtes sur une piste, inspecteur !

— Oui, oui… Plusieurs, même…

— Ah ! Alors c'est que vous n'êtes pas très loin.

— De quoi ? Du but ?

— Non ! Pas très loin dans vos investigations. Quand une enquête est sur le point d'aboutir, il ne reste qu'une seule piste, n'est-ce pas ?

— M'avez l'air de vous y connaître, ironisa Lynch.

— Je lis beaucoup de romans policiers.

— Ah, dans ce cas…

— Venez, allons à l'étage, dans mon cabinet particulier. Nous y serons plus à l'aise.

Pas sûr, pensa l'inspecteur.

Les escaliers en bois étaient impressionnants. Certaines marches craquaient comme si elles allaient céder sous son poids. Lynch s'arrêta un instant, croyant avoir entendu des petits cris. Ça provenait d'en haut. Arnaud, qui était devant, se retourna afin de s'assurer qu'il suivait bien. En voyant l'inspecteur le pied figé sur une marche, il se mit à rire.

— L'escalade vous donne des palpitations ?

— Non. J'ai entendu des cris.

— Ah, ce sont les fillettes que je séquestre. Régulièrement, j'organise des visites guidées dans mon château et je m'arrange pour passer près des oubliettes. Je récolte ensuite les gamines qui sont tombées dedans et je les mets dans des cages au grenier. Vous voulez les voir ?

Ce type est complètement siphonné !

— Qui ne dit mot consent. Suivez-moi ! Nous irons dans mon cabinet plus tard.

Ils grimpèrent jusque tout en haut. Là, un long couloir éclairé par des bougies menait à une seule pièce. Dracula aurait pu vivre ici, il ne se serait pas senti dépaysé ! Arnaud extirpa une clef de sa poche et l'introduisit dans la serrure.

— Vous verrouillez vos portes à l'intérieur ? s'étonna Lynch.

— Seulement celle-là. Vous allez comprendre pourquoi.

Il poussa la lourde porte et pria son hôte d'entrer. Puis, d'un geste sec, il la referma sur l'inspecteur et disparut dans le couloir en riant.

Lynch s'était fait piéger comme un con. Il tambourina sur la porte en vociférant des menaces qu'il savait inutiles. Il flottait dans l'air comme un parfum de mort.

18

La main était posée sur un petit coussin, par terre. Une main droite déchirée juste après l'os du poignet. Avec une alliance à l'annulaire. Assise en face, genoux croisés, Nicki la fixait sans penser à rien d'autre. Elle était une sorte de canal qui communiquait avec des forces obscures. Mais aussi avec une énergie qu'elle appelait de toute son âme. À côté d'elle, un ours en peluche provenant du panier qui en contenait une dizaine. Chaque fois que Nicki était confrontée à un crime, elle emmenait une peluche avec elle. Besoin de ces traces d'enfances pour désamorcer l'horreur. La supporter. L'adoucir, si tant est qu'on puisse sucrer les poisons mortels. Et quand une enquête se terminait, elle laissait l'ourson sur l'appui d'une fenêtre pendant quelques jours, le temps qu'il se décharge de toutes ses ondes négatives. Ensuite, elle le remettait dans son panier avec les autres. À chaque enquête, elle en prenait un différent. Son préféré, Babylone[1], un éléphant rouge, le seul cadeau qui lui restait de son père, elle l'avait offert à une petite fille.

1. Voir Pocket n° 15461.

Quand Nicki avait obtenu son diplôme d'analyste criminelle, elle l'avait rangé dans un tiroir et s'était demandée si cette voie était bien la sienne. Ce n'était pas vraiment la vocation qui l'avait amenée là, mais l'assassinat de son amie. Une envie de comprendre ce qui se passe dans la tête d'un serial killer afin d'empêcher d'autres crimes. Aussi une attirance un peu morbide pour le mystère humain. Le noir l'avait toujours fascinée. Plus que la lumière. Elle ignorait pourquoi. C'était comme ça. Elle savait qu'elle jouait un jeu dangereux. Que si elle ouvrait son esprit au mal, il pourrait prendre possession d'elle.

Souvent, elle avait le sentiment que même son âme était violée. Le pire, c'était qu'elle ne pouvait se confier à personne, car nul n'était capable de comprendre ou de ressentir ce qu'elle vivait. L'atrocité ne se partage pas. On l'étouffe en soi ou on tente de l'apprivoiser. Pour Nicki, profileuse était une alchimie entre la déduction et la voyance. Elle avait besoin d'un support pour que les images viennent. C'était un des points communs avec les serial killers, qui emportent toujours quelque chose de leur victime. Mais eux, pour pouvoir fantasmer. Il y en avait d'autres qu'elle ne cherchait pas à approfondir. Afin de pénétrer dans leur mental, il fallait nécessairement qu'il y ait des similitudes. Simplement, elles étaient gérées différemment et orientées vers des chemins et des motivations diamétralement opposés. Il n'y avait pas de méthode définie. À chacun la sienne.

Nicki avait instauré un rituel bien précis. Elle se lavait les mains et les tempes avant et après toute méditation. Elle utilisait toujours un élément apaisant – une peluche –, s'installait confortablement et respirait profondément. Elle fixait un point précis sur le cadavre, ou l'élément qui lui appartenait, et elle ne pensait à rien. Puis elle attendait. Immanquablement, elle sentait un vent léger, presque imperceptible contre sa peau. Et c'est là que les images se formaient. Il fallait aussi déterminer si l'assassin agissait par névrose, perversion, psychose ou en état limite. S'il avait eu des antécédents et s'il avait laissé une « signature » lors de ses crimes.

Nicki se concentra sur la main. Se fondit en elle. Jusqu'à la sentir bouger.

Normalement, pensa-t-elle, *l'alliance se porte à la main gauche. Mais tout le monde ne suit pas les conventions. Elle avait été coupée, mais mal. Le clochard avait peut-être raison en affirmant qu'il avait vu quelqu'un jeter la main dans un arbre. Mais pourquoi le type qui avait posé les explosifs avait-il agi de la sorte ?*

Visiblement, il avait envie qu'on retrouve un indice. Ce que révélait cette main à la police, c'était le groupe sanguin : O +. Un groupe répandu. Donc, pour l'assassin, l'indice était plutôt l'alliance. Il voulait qu'Alice reconnaisse qu'elle appartenait à son mari. Pour lui faire peur ? « *Regarde ce qui lui est arrivé et qui aurait pu t'arriver à toi aussi si tu avais ouvert la porte...* » Ou pour la rassurer ? « *Il est bien mort. Il ne t'embêtera plus.* » Qui était vraiment Luc Doms ? Un brave mari ou un sale type ? Un de ceux qui tue l'autre à petit feu en pratiquant le harcèlement moral, la pire de toutes les tortures car elle est invisible…

Alice avait le profil d'une victime qui se raccrochait à la petite fille qu'elle avait été. Ou à celle qu'elle aurait aimé être. Quelque chose clochait. Cette main n'allait pas avec l'image de Luc Doms.

Il faisait noir. Pas une seule lueur d'espoir. Enterré vivant dans une pièce du château qui sentait le moisi. Un parfum de poison bon marché suintait des murs. Lynch ne s'attendait pas à mourir ainsi. Il s'était imaginé une mort héroïque : tué en plein cœur par une balle alors qu'il tenterait de sauver quelqu'un. On lui aurait remis une médaille posthume qu'on aurait accrochée sur son costume avant de refermer le cercueil. Et Coco aurait pleuré jusqu'à la première pelletée de terre.

On peut parfois diriger sa vie, la conduire au plus près de ses rêves, mais pas la mort. Cette saleté nous échappe toujours.

Lynch fouilla dans ses poches. Même pas un briquet pour voir dans quel enfer il allait finir ses jours. Il n'osait pas s'asseoir par terre. Resta debout un bon moment jusqu'à ce que... Un grincement, là-bas dans le coin. Immobile, il attendit. Surtout ne pas s'en approcher ! Puis un autre bruit, un peu plus loin. Presque le même. Il imagina des fantômes sortant de malles miteuses, vêtus de dentelles déchirées et se traînant jusqu'à lui, larves phosphorescentes et gluantes...

Un autre grincement, suivi de petits rires métalliques qui lui faisaient penser à un film d'épouvante. Atroces. Les rires se rapprochaient. Lynch se plaqua contre le mur. Et sentit des doigts lui serrer le cou.

20

La maison où vivait Laure Duchamp, la fille qui avait porté plainte contre Jim Sanders pour atteinte aux bonnes mœurs, était située dans un quartier ouvrier surnommé Le Tombeau des lutteurs. Petit jardin devant et garage sur le côté. Que de l'herbe bien tondue. Pas une seule fleur, ni aucune fioriture aux fenêtres. Basique et classique. Ici, point de place pour la fantaisie. Les voisins avaient pourtant fait des efforts en mettant des bacs à fleurs. Pas chez les Duchamp. Barn trouva cette chaumière sinistre. Il n'eut pas besoin de sonner à la porte. Un type qui tripotait sa bagnole dans son garage se rua sur lui tel un pitt-bull.

— Qu'est-ce que vous venez faire ici ? aboya-t-il.

Pas commode le gars ! Du genre petit roquet chauve et hargneux, en pantalon kaki assorti au tee-shirt à treillis. Un nostalgique des tranchées, plus vrai que nature.

— Police, annonça Barn sans ambages.

— Z'avez un mandat ?

— Je ne viens pas perquisitionner. Du moins pas encore…

— C'est-à-dire ? grogna le Rambo des bosquets.

— Que ça va dépendre de ce que votre fille va me raconter.

— À propos de quoi ? fit-il, méfiant.

— De l'affaire Jim Sanders.

— Elle n'est pas là.

— Et je peux la voir quand ?

— Je ne sais pas. Je vous ai dit qu'elle n'était pas là. Toute façon, cette affaire a été jugée et ma gamine n'a plus rien à voir là-dedans.

— Oh, que si ! Vous n'ignorez pas que monsieur Sanders a été assassiné.

— Tant mieux pour sa gueule, à ce sale con de pédé.

— Très bien… Je note que vous cautionnez cet attentat.

— Notez même que je regrette de ne pas lui avoir fait péter le caisson moi-même.

— Je note, assura Barn. C'est quand même dommage que votre fille soit absente parce que, du coup, c'est l'inspecteur principal en personne qui la convoquera au commissariat. Et lui, croyez-moi que c'est pas un tendre !

Barn vit le rideau d'une fenêtre du premier étage se soulever légèrement.

— Vous êtes seul ici ? demanda-t-il.

— Oui. Ma femme est partie.

— Avec votre fille ?

— Non, avec un Portugais. Sale race. Mangeur de sardines. Connard.

— Alors qui c'est qui soulève le rideau, là-haut ? Un fantôme ?

Arsène Duchamp leva la tête.

— J'vois rien. Z'avez des visions. Faut pas boire, ça donne des délires.

— Je ne bois jamais, mentit Barn avec aplomb.

— Y boivent tous, chez les poulagas. Mon beau-frère, le mari de ma sœur, est préfet de police, lâcha-t-il avec un grand sourire, content de la carte qu'il tenait dans sa manche pour la fin.

— Oui, je sais que les préfets boivent. Ils n'ont que ça à faire. Nous, les gens de terrain, on bosse et on n'a pas le temps de picoler.

— C'est comment, vot' nom ? demanda-t-il, histoire de répéter tout ça à son beau-frère.

— Hercule Poirot.

— Très bien. Pas loin de Poivrot, je retiens…

Barn aurait donné cher pour voir la tronche du préfet quand son crétin de beauf allait lui annoncer qu'il avait reçu la visite d'Hercule Poirot !

— Bon, cessez de jouer au con avec moi et allez chercher votre fille. C'est dans son intérêt, croyez-moi.

Duchamp soupira et poussa la porte d'entrée. Il appela sa fille qui descendit immédiatement. Elle avait une vingtaine d'années, un corps pas mal mais une tronche de cake ! Grand nez, grandes oreilles et bouche en cul de poule. Ses cheveux filasse étaient tirés en arrière. Barn se demanda comment Jim Sanders avait pu avoir envie de se la taper. Même avec des socquettes roses et une petite jupe plissée…

— Je peux vous voir en privé ?

— Et pourquoi je pourrais pas être là ? éructa son père.

— De toute façon, si vous refusez, elle aura une convocation et devra venir seule. Mais ne vous inquiétez pas, vous serez interrogé vous aussi ! Je vous verrai juste après.

— J'ai pas que ça à faire.

— Justement, ça vous prendra plus de temps de vous rendre au commissariat. Des fois, on attend une journée avant d'avoir son tour…

— Laisse tomber, p'pa, et fais ce qu'il te dit.

— Je vais appeler mon beau-frère, menaça-t-il.

— C'est ça, appelez-le. Pendant ce temps, je vais poser quelques questions à votre fille.

Elle l'emmena dans la cuisine pendant que l'autre truffe pestait dehors. Barn était sûr qu'il n'allait pas déranger le préfet. Sûr que les relations avec son beau-frère ne devaient pas être au beau fixe. Il le sentait gros comme un mammouth.

La cuisine était à l'image de l'extérieur. Juste fonctionnelle. Moche et triste. Pas une note de couleur pour venir égayer le lieu. Un blockhaus.

Laure ne lui proposa même pas une tasse de café ou un verre d'eau. Barn lui demanda de lui relater les faits en détails. Il avait lu le procès et les articles, certes, mais il voulait entendre sa version, de sa bouche.

Elle commença par raconter son histoire de pauvre petite fille naïve et confiante face au vilain professeur qui l'avait séquestrée dans la classe pour soulever sa jupe, puis baisser sa culotte, et lui tripoter le minou. Au début, elle ne savait pas ce qu'il lui voulait, ce type. Puis, elle s'est vite rendu compte que c'était mal et elle s'est mise à crier. Heureusement qu'un surveillant passait par là ! C'est lui qui l'a sauvée.

Elle semblait débiter un récit qu'elle avait appris par cœur.

— Vous avez eu d'autres relations après ?

— Avec lui ? Oh, non ! s'écria-t-elle, offusquée qu'on lui pose cette question débile.

— Je veux dire avec quelqu'un d'autre... précisa Barn.

— Non. Je suis dégoûtée à vie.

— Et votre père ? Comment a-t-il réagi à ça ?

— Il voulait le tuer. Vous savez, il était militaire de carrière...

— Pourquoi il ne l'a pas fait ?

— Demandez-lui !

— Vous avez touché pas mal d'argent sur cette histoire...

— Ça ne réparera jamais le préjudice qu'il m'a causé, lâcha-t-elle.

Ah çà, la leçon, elle la connaissait sur le bout des doigts ! Barn la remercia et alla interroger l'autre gus dans son garage. Il fut d'abord surpris de trouver un véritable arsenal sur les étagères.

— C'est légal, fit Duchamp en suivant son regard. Souvenirs de l'armée.

— Vous avez l'air de vous y connaître en explosifs...

— C'était ma spécialité. Le déminage. Pourquoi ?

— Pour rien.

— Si vous croyez que c'est moi qui ai fait péter la baraque de ces gens, vous vous gourez. J'aurais fait exploser direct celle du gros dégueulasse qui a mis ses sales pattes sur ma fille.

— Oui, mais en agissant de la sorte, on vous aurait soupçonné tout de suite, tandis que comme ça...

— Vous m'accusez, c'est ça ? menaça-t-il, prêt à mordre.

— Non, je ne fais que des suppositions.

— Hors de chez moi, salopard ! gueula-t-il.

Sans se démonter, Barn lui demanda s'il avait eu son beau-frère en ligne.

— Non, il est en réunion, mais il va rappeler, et croyez-moi que vous allez vous retrouver à la circulation. Espèce d'imbécile !

— Justement, ça me changera des paperasseries. Et ça me fera prendre l'air. Remerciez-le bien de ma part ! Y a longtemps que j'en rêvais.

Quand il quitta les lieux, Barn ne vit pas que, cachée derrière ses rideaux, Laure le fixait de son regard froid, d'un gris métallique, le poignardant mentalement dans le dos. De toutes ses forces.

Depuis toute petite, elle était persuadée d'avoir un pouvoir maléfique. Celui de faire du mal à distance, à qui elle voulait. Suffisait d'y penser très fort. Comme elle l'avait fait pour Jim Sanders. Ce salaud qui n'avait pas voulu d'elle.

21

Lynch se cabra en avant. Les doigts dans le mur semblèrent se rétracter et lâcher prise. Il eut à peine le temps de souffler que des tentacules velus tombèrent du plafond pour lui emprisonner la tête. Ça grouillait sur son crâne et il faillit vomir de terreur. Était-ce une araignée géante ? Il poussa un hurlement et se débattit tant qu'il put. La bestiole finit par s'en aller. Où était-elle ? Lynch n'osait plus bouger, de peur qu'elle ne lui saute à nouveau dessus.

Il avait déjà eu la trouille dans sa vie, mais pas à ce point-là. Il avait toujours vu son ennemi. Ici, il était plongé dans le noir absolu. L'horreur totale. Les ténèbres où fourmillent nos monstres intérieurs, ceux issus des imaginations les plus tordues. Il avait l'impression de se trouver dans le cerveau d'un serial killer. Et d'être confronté à tous ses démons. *Rien n'est plus horrible que de ne pas savoir à qui on a affaire*, pensa Lynch, exténué.

Les petits rires sarcastiques reprirent de plus belle. Grinçants, agaçants, de plus en plus aigus. Comme des ultrasons qui lui auraient troué les tympans. Lynch eut beau se boucher les oreilles, les sons transperçaient son crâne, pénétraient à travers son cerveau et foraient des galeries dans sa tête.

Les sons stoppèrent subitement. Mais leur écho subsistait dans le silence. Au bout d'un moment, Lynch perçut un bruit de clochette. Petite musique qui tintinnabulait. Des lambeaux d'enfance… Curieusement, au lieu de se sentir apaisé, il en eut des frissons. Le pressentiment de quelque chose de pire, qui sourdait, se tenait prêt à surgir après le sourire de l'ange. Une masse immonde, tapie dans un coin. Lynch la sentait, pouvait presque palper son odeur de sueur, l'entendait respirer à sa droite. Puis à sa gauche. La chose se déplaçait. Y en avait-il plusieurs ?

La musique continuait. Il entendit des babillages mêlés à des rires insouciants. *Surtout, te laisse pas bercer*… Il revit sa mère promenant son petit frère dans la poussette. À l'époque du bonheur, quand personne ne savait encore que Franky n'était pas comme les autres.

Quand ils avaient appris son handicap mental, ils n'y avaient pas cru. Le père avait traité les médecins de cons et ils avaient continué à vivre de la même façon qu'avant. Comme si tout ça n'était pas vrai. Un jour, le père a disparu. Envolé ! Sans qu'on sache jamais où, ni comment. Peut-être parce qu'au fond de lui il ne supportait pas l'idée d'avoir un fils dingue. Et lui, Lynch, n'avait probablement pas assez compté pour son père. Ce dernier les avait laissés tous les trois se débrouiller et n'avait plus jamais donné de nouvelles. C'est son grand-père maternel qui les avait pris sous son aile, jusqu'à ce stupide accident où il avait été renversé par une voiture.

Plus tard, pour se consoler, Lynch s'était accroché à l'hypothèse que son père s'était noyé en voulant sauver quelqu'un, ou par accident. Et que sa dernière pensée avait été pour sa femme et ses enfants. Ça l'avait aidé à survivre. À passer le cap de l'adolescence. Probablement pour ça qu'il avait voulu devenir flic. Pour tenter un jour de retrouver la trace de son père.

Et il l'avait retrouvée... peu après la mort de sa mère. Il venait d'être nommé à la police. Franky était encore un gamin, et il s'en est occupé jusqu'à ce qu'il fugue et mette le feu à leur ancienne maison. Lynch avait appris par hasard que leur père vivait aux Antilles avec une petite jeune. Il n'avait pas cherché à le revoir. S'était dit que, finalement, il aurait préféré ne jamais rien savoir et rester avec ses illusions. Trop tard !

Sa vie défilait comme un train avec des wagons remplis d'images, la plupart en noir et blanc. Les autres, déchirées...

Un hurlement lugubre surgit des ténèbres. Au moment où il sentit le goût amer de la mort, avec ses rêves inassouvis et ses regrets de n'avoir pas osé, d'avoir eu peur de prendre des risques, il tomba en arrière.

22

Alice hâta le pas en traversant la place jouxtant le Musée éphémère. Il faisait froid pour un soir d'été. Elle était pressée de rentrer chez elle. Sa grand-mère devait l'attendre et elle ne voulait pas laisser la vieille dame trop longtemps seule. *Sale temps pour les rêveurs*, pensa-t-elle.

Les hommes aux chapeaux boules[1] qui traînaient dans les rues ne trouvaient pas de clients. Les gens étaient calfeutrés chez eux, comme en hiver. Le vent soufflait et chacun tenait son chapeau pour ne pas qu'il s'envole. À Pandore, tous les étés, ces êtres étranges avaient pour mission de vendre du rêve à ceux qui le souhaitaient. Il suffisait de leur donner une image ou une photo, et la nuit qui suivait, le donneur en rêvait. Ils circulaient silencieusement dans les rues, marchaient sans avoir l'air de voir ce qui se passait autour d'eux. Fantômes aux manteaux bleus, comme venus d'une autre planète. Si on voulait qu'ils s'arrêtent, il fallait leur toucher le bras. Personne n'avait jamais osé en tuer un.

---

1. Expression belge pour dire chapeau melon.

Alice eut des frissons en frôlant l'un d'eux. Ces types la mettaient mal à l'aise. Elle s'engouffra dans une ruelle adjacente, où ils n'allaient pas. Le coin était désert. Elle se dépêcha de rejoindre sa voiture. La lumière des réverbères projetait d'étranges reflets sur les murs lézardés. Alice avait toujours détesté les ombres. Ça avait commencé avec celle de sa grand-mère, quand elle entrait dans sa chambre de petite fille. La porte s'ouvrait doucement, puis l'ombre s'allongeait jusqu'au pied du lit.

Ici, à Pandore, les réverbères restaient allumés toute la journée. Mais le soir, Alice aurait préféré qu'ils soient éteints. Elle n'aimait que les nuits noires.

Soudain, elle entendit un bruit de grelot. Un sale bruit qui glace le sang. Une des légendes de cette ville – mais en était-ce vraiment une ? – racontait qu'il ne fallait jamais aller se promener dans les rues désertes parce qu'on pouvait y rencontrer la mort qui rôde. Elle apparaissait sous la forme d'un attelage sans conducteur, mené par un cheval fou qui galopait en faisant tinter ses grelots. Et si vous étiez sur son chemin, il vous piétinait sans pitié.

Alice se plaqua contre le mur, écarquilla les yeux. Rien. Pas même une ombre. Mais le bruit des grelots se rapprochait de plus en plus...

23

Arnaud, hilare, venait d'ouvrir la porte. Il ramassa Lynch, tétanisé, sur le sol.

— Alors inspecteur, efficace ma mise en scène, n'est-ce pas ?

Lynch le regarda complètement hébété.

— Désolé de vous avoir fait si peur, mais il fallait bien que je teste mon « château hanté » sur quelqu'un, et comme il ne passe pas grand monde ici... C'est tombé sur vous, petit veinard !

L'inspecteur reprit doucement ses esprits. Il respira profondément et envoya le coup de poing de sa vie dans la mâchoire du crétin qui alla valdinguer dans les escaliers. Il se retrouva avec sa jupe écossaise en corolle, dévoilant ses attributs que Lynch jugea ridicules. Une bite de hamster. *Bien fait pour sa gueule.*

Il laissa l'Écossais de pacotille en état de flan retourné et alla visiter tranquillement les pièces du château, espérant y trouver un indice. Vu ce qu'il venait de vivre, il n'aurait pas été étonné qu'Arnaud soit l'assassin. Ce fêlé était parfaitement capable d'élaborer cette mise en scène macabre consistant à faire exploser la villa dans le seul but de récupérer la collection de *netsuke*. Encore fallait-il trouver des preuves.

Bizarrement, les pièces principales étaient vides. Juste décorées de quelques meubles. Comme si elles n'étaient pas habitées. Aucun signe de vie. Lynch inspecta les tiroirs. Vides eux aussi ! Il se dirigea vers une porte un peu en retrait et l'ouvrit, eut un haut le cœur en découvrant les murs entièrement décorés de couronnes mortuaires. Toutes défraîchies. Les fleurs semblaient avoir traîné des années sur des tombes. Couleurs passées. Noms effacés sur les banderoles.

Lynch souleva l'une d'elles. Une grosse araignée s'en échappa. L'inspecteur referma la porte et jeta un coup d'œil sur le maître des lieux, toujours le cul à l'air, recroquevillé au bas des escaliers. Il entendit un gémissement et le vit se contorsionner comme un gros crabe renversé qui tente de retomber sur ses pattes.

— Une sale bête même pas bonne à manger, lâcha Lynch en passant près de lui.

Il quitta cet asile de bourgeois dégénéré sans se retourner ni refermer la porte derrière lui, espérant qu'ainsi les spectres pourraient entrer et lui flanquer la trouille de sa vie.

24

Essoufflée d'avoir couru, Alice eut du mal à ouvrir la portière de sa voiture. Elle tremblait en introduisant la clef dans la serrure. Le son des grelots était toujours là. Comme si la mort s'approchait en habit de joker. Mais il n'y avait pas un chat ! La jeune femme finit par se demander si tous ces bruits ne provenaient pas de sa tête.

Ça lui arrivait parfois, quand elle était petite, d'entendre hurler le vent alors qu'elle était seule dans sa chambre close. Et si les bruits étaient revenus ?

Elle pénétra enfin dans sa voiture et verrouilla les portes. Au moment où elle mit le contact, elle entendit toussoter le moteur. Juste quelques secondes. Puis, plus rien.

— Oh, non ! gémit-elle.

Elle ne voulait pas ressortir pour ouvrir le capot. Dehors, les ombres des réverbères semblaient danser autour d'elle, sorcières noires, lascives, se contorsionnant au gré du vent et surgissant des arbres pour transformer les branches en bras menaçants.

Alice essaya à nouveau d'allumer le contact. Cette fois, le moteur se mit à vrombir. Elle fonça à toute allure sur la route glissante. Une fine pluie laquait le macadam. Vernis noir. Elle pensa à ses souliers de petite fille. Ceux qu'elle avait retrouvés un jour dans une malle et qu'elle avait enterrés dans le jardin. Pour que personne ne les lui vole.

Arrivée chez elle, Alice fonça voir sa grand-mère. Elle était restée trop longtemps seule.

25

Tequila jappa de plaisir en voyant son maître. C'était l'heure de l'apéro. Cette poivrote attendait ce moment avec plus d'impatience que sa gamelle.

Lynch servit à chacun une double rasade : tequila et soda, plus citron qu'il frappa d'un coup sec sur la table. Fallait bien ça pour se remettre de ses émotions ! La chienne introduisit sa petite langue dans le verre et lapa le contenu d'une traite. Elle sembla apprécier. Puis elle s'affala dans son fauteuil en pétant de plaisir.

— Ben déjà que tu pues de la gueule, faut pas exagérer, lui dit Lynch.

Il trouvait ce cabot d'un sans-gêne ! Mais au fond, c'est ça qui lui plaisait. Tequila n'avait aucun complexe. Était-ce la double ration d'alcool ? Toujours est-il qu'elle souriait encore plus que d'habitude, dévoilant ses canines jaunies. Fallait que l'inspecteur pense à lui faire faire un détartrage. Coco lui avait déjà dit. Mais il avait d'autres chiens à fouetter en ce moment…

Ce soir, il était bien décidé à prendre de bonnes résolutions et à arrêter de regarder les *Soprano* pour la énième fois. Fallait qu'il passe enfin à autre chose. *Prison Break* ? *Lost* ? Il sentit une grosse boule dans sa gorge. Tony allait lui manquer. Souvent, il s'était demandé comment il aurait réagi en tant que flic s'il avait dû le poursuivre... Certes, c'était un salaud, mais il avait ce petit je-ne-sais-quoi qui faisait qu'on avait envie de le protéger. Lynch l'aurait serré. Puis il lui aurait ouvert les mailles du filet... S'il avait fait ce métier, au fond, c'est aussi parce qu'il avait toujours ressenti une forme de sympathie pour certains truands. Comme pour tous ceux qui ne marchent pas dans les rangs. D'ailleurs, s'il n'avait pas été flic, il aurait pu devenir braqueur de banques. Mais à qui pouvait-il confier ça, sinon à son clébard ? Il était sûr que Tequila comprenait tout. C'était la meilleure des psys ! Elle souriait chaque fois que son maître lui parlait de ses tourments et de ses problèmes. P't-être même qu'elle était bouddhiste.

Au moment où Lynch s'apprêtait à glisser un DVD de *Prison Break*, le téléphone sonna. *Un signe*, se dit-il. Faut pas que je quitte Tony !

C'était monsieur Green, le directeur de l'asile.

— J'ai des nouvelles de Franky, lâcha-t-il tout de go. Quelqu'un a vu rôder votre frère dans le quartier de Golconde...

— Nom de Dieu ! s'écria Lynch, qu'est-ce qu'il foutait là-bas ?

— C'est bien là qu'il y a eu cette explosion, n'est-ce pas ? demanda le directeur.

— Oui.

— On a sillonné le quartier, et évidemment, on ne l'a pas retrouvé.

— Vous êtes sûr que c'était bien lui ?

— On a balancé sa photo sur Internet et placardé des

affiches partout. Ça correspond en tout cas à la description qu'on nous a donnée, assura le directeur.

— Qui vous a averti ?

— Un clochard.

— Oui, je vois… railla Lynch. Encore un mec beurré.

Il regretta aussitôt ce qu'il venait de dire. Mais qui que ce fût, même le roi d'Arabie, il préférait penser que c'était un malentendu. L'idée que son frangin soit mêlé d'une manière ou d'une autre à cette histoire lui était insupportable.

— Bon, et bien je vous tiens au courant. Nous continuons nos recherches. Faites pareil de votre côté, inspecteur. N'oubliez pas qu'il peut être très dangereux et…

Lynch raccrocha. Pas ce qu'il avait envie d'entendre ce soir. Il sortit les *Soprano* du buffet et glissa le DVD dans le lecteur. Il voulait revoir l'épisode où Christopher avait failli mourir gelé dans sa bagnole avec son acolyte, au milieu de nulle part. D'habitude, dès les premières images, il oubliait le reste du monde et laissait ses emmerdes dehors. Mais là, quelque chose le tracassait. Pourquoi Franky avait-il été rôdé dans ce quartier ? Et pourquoi avait-il le sentiment bizarre d'avoir déjà vu Alice Doms avant les événements ?

Soudain, il se leva et se dirigea vers la commode de sa chambre, où il gardait précieusement tout ce qui lui restait de sa vie avant qu'il devienne flic : une boîte à chaussures remplie de photos. Il les étala sur son lit et les observa à la lueur de sa lampe de chevet. Que pensait-il trouver là-dedans ? Absurde ! Il allait les ranger quand une photo de classe de son frère attira son attention. C'était encore l'époque où tout le monde pensait que Franky était normal… Pourtant, il avait un étrange regard. Un regard que Lynch n'avait jamais remarqué auparavant. Il fixait la petite blonde un peu plus loin. Elle ressemblait à Alice. Comme elle, elle avait le visage triste. N'était pas née au pays des merveilles…

Lynch dénicha une autre photo de classe, plus récente de deux ans, où on voyait Franky qui fixait la jeune fille avec le même regard obsédé. Cette fois, Lynch reconnut Alice. Elle avait l'air toujours aussi triste. *Comme la plupart des ados*, pensa-t-il en rangeant les clichés dans la boîte qu'il cacha au-dessus de son armoire.

26

Depuis que sa femme l'avait quitté, Barn n'avait pas repris de femme de ménage. Sa dernière expérience l'avait quelque peu traumatisé… Il préférait se débrouiller seul. Le problème est qu'il n'avait rien d'une fée du logis. En plus, avec le chat caractériel qu'il avait recueilli, c'était le bordel complet ! Le matou grimpait sur tout, s'imaginant sans doute être dans la jungle et prenant les rideaux pour des lianes. Pendant que son maître passait ses journées et souvent ses soirées ailleurs, Midnight s'amusait à faire des glissades sur les fauteuils en cuir. Un vrai bonheur ! Quant à la cuisine, Barn s'arrangeait pour manger dehors. Il avait une cantine près du commissariat et ça lui convenait très bien. Le seul problème, en fin de compte, était sa tenue vestimentaire. Il était passé du look employé de bureau à celui de clodo, ou presque. Et le pire, c'est qu'il s'en fichait complètement !

Mais pas sa secrétaire… Marre de le voir déglingué, elle avait appelé sa mère pour lui expliquer l'état de délabrement dans lequel se trouvait son chérubin. Et la catastrophe était arrivée ! Le soir même, sa mère débarquait chez lui avec armes et bagages.

— Où tu vas comme ça ? lui avait demandé Barn, interloqué.

— Je viens m'installer chez toi.

— QUOI ???

— Inutile de refuser mes services, j'ai résilié le bail de mon appartement, et si tu ne m'accueilles pas, je suis à la rue. Tu vas quand même pas mettre ta mère dans le caniveau !

Barn la fit entrer, anéanti. Parce qu'il connaissait l'énergumène ! Même qu'il s'était un peu marié pour fuir la tornade blanche… Sa mère avait du sang italien. Un mélange explosif entre une passionaria et un Tornado. Fini la belle vie ! D'ailleurs, le père n'avait pas résisté. Il était mort d'une crise cardiaque.

En deux jours, l'appartement était nickel. Le chat dans sa niche, sur le balcon. Et Barn avec des patins en feutre aux pieds. L'horreur !

Quand il arriva au bureau, il tirait une tronche jusque par terre. La secrétaire lui fit un grand sourire.

— Ah, ben je vois qu'on est propre et tiré à quatre épingles maintenant ! Merci maman, hein ?

— Quoi ? Comment pouvez-vous savoir que ma mère est là ?

— C'est moi qui l'ai appelée.

Le sang de Barn ne fit qu'un tour. Il se rua sur la secrétaire comme un chien enragé. La pauvre fille se mit à pousser des cris sauvages et ne dut sa survie qu'au stagiaire – un petit nouveau – qui passait par là et désirait se montrer utile. Il n'avait pas encore compris que dans la maison poulaga, mieux valait se faire transparent pour ne pas attiser la jalousie. C'est donc tout dépenaillé que Barn entra dans son bureau.

— Merde alors ! Qu'est-ce qui t'est arrivé, mon vieux ? s'écria Lynch.

— Ma mère a débarqué chez moi. C'est cette putain de conne de… secrétaire qui l'a appelée, tu te rends compte ? De quoi j'me mêle ? J'étais bien tranquille chez moi, et voilà que l'autre furie installe son barda dans mon havre de paix.

— Ça, c'est pas de bol !

— Tu crois que je peux amener un lit de camp ici ? fit Barn en scrutant déjà l'endroit où il allait aménager sa survie.

— Pourquoi pas. C'est pas interdit par le règlement. Mais pour te laver, vu l'état des chiottes…

Barn fit la moue. Effectivement, il n'avait pas pensé à ça.

— Je suis allé chez Coco, hier, confia Lynch pour aider son collègue à penser à autre chose qu'à ses malheurs.

— Ah ! lâcha-t-il mollement.

— Elle râle parce qu'à cause des flics qui grouillaient dans son immeuble pour l'affaire Clara Pampa, elle a perdu des clients.

— Toute façon, elle râle souvent.

— C'est vrai, admit Lynch. À propos de Clara, le labo vient de m'apprendre une horreur : elle serait morte éviscérée avant d'être pendue.

— Merde ! Et le rat ? Tu crois qu'il est venu après, ou…

À Pandore, les rats étaient sacrés, comme les vaches en Inde. Beaucoup de gens en avaient chez eux et les éduquaient pour en faire des animaux domestiques.

— Non. Je crois que ce malade l'a mis dans le ventre de la pute par vengeance, ou pour brouiller les pistes.

— Des traces d'ADN ?

— Plein, fit Lynch ! Vu le nombre de clients qui passaient chez elle… Et toi, tu as du neuf ?

— Oui. Je suis allé rendre visite à la fille qui a accusé Jim Sanders de pédophilie…

— Et ?

— Sont bien toqués, son père et elle. Un facho et une fêlée. Le paternel, c'est Rambo dans son jardinet. Pas sûr que Sanders n'ait pas été l'objet d'une machination. Quant à la mère Cousteau, figure-toi qu'elle est allée voir un marabout pour lui demander de jeter un sort à Alice Doms afin de garder son rejeton pour elle toute seule.

— C'est beau l'amour !

— Tu parles…

— Donc, tu es allé consulter le marabout, se marra Lynch.

— Oui. Il ne m'a raconté que des conneries. Du genre qu'une femme allait débarquer chez moi et…

— Et ta mère est arrivée ! Fort, le mec !

— Nom de Dieu ! J'avais pas pensé à ça, admit Barn.

— Tu vois, faut jamais se moquer des sorciers.

— Tu crois que si je vais le voir pour lui demander d'arranger mon affaire il pourra trouver une solution ?

— Pourquoi pas ?

Barn eut l'air d'y réfléchir. Après tout, ce type avait peut-être de réels pouvoirs.

— De mon côté, dit Lynch, je suis allé voir Arnaud, le crétin qui a hérité de la fabuleuse collection de *netsuke* à la mort de Luc Doms.

— C'est pas des trucs érotiques, ça ?

— Entre autres, mais il y a aussi des *netsuke* représentant des personnages de la vie courante ou ayant existé par le passé… Les masques font partie d'une catégorie à part, comme les acteurs du théâtre *nô*.

— T'as l'air de t'y connaître !

— Un peu, pérora Lynch, assez fier de lui.

— C'est le châtelain qui t'a raconté tout ça ?

— Tu parles ! Non, c'est la veuve de Luc Doms. L'autre épouvantail, j'ai bien cru que j'allais le zigouiller. Quel toqué celui-là !

Et il raconta ses mésaventures à son collègue.

— Lui aussi serait tout à fait capable d'avoir manigancé la mise en scène de l'explosion, conclut Lynch. Il a l'esprit complètement tordu.

— Le pire, c'est qu'ils ont tous des raisons d'avoir voulu éliminer Luc, y compris son malheureux voisin, et qu'aucun d'entre eux n'est vraiment net. Pas de la tarte, cette enquête…

— Tu as fait des recherches sur Michel, l'amant de Claire Sanders, la femme du voisin mort dans l'explosion ?

— Moi, non, mais j'ai demandé au petit nouveau de s'en occuper. Je vais l'appeler.

Il se leva et disparut dans le couloir. *C'est vrai que, malgré ses vêtements déchirés par les ongles de Cruella la secrétaire, il sentait meilleur*, pensa Lynch. Une odeur de savonnette. De gamin bien propre sur lui.

Barn rappliqua avec le stagiaire, Léo – fine moustache et queue de cheval –, occupé à grignoter un biscuit.

— Bonjour chef, lança-t-il guilleret. Z'en voulez un ?

Il sortit un petit paquet de sa poche.

— Non merci.

— Z'avez tort. Ce sont des spéculoos. C'est ma grand-mère qui me les envoie de Belgique. Suis né là-bas.

— Vous avez des éléments concernant l'amant de Claire Sanders ? demanda Lynch, qui ne voulait pas entrer dans des familiarités avec les nouveaux.

— Oui. Je suis une fois allé voir sur Internet et j'ai fouillé aussi dans les archives de la police. Quel bazar ! fit-il en croquant dans son spéculoos qui s'émietta sur les dossiers de Barn.

— Venons-en aux faits, insista l'inspecteur.

— Eh bien il n'existe pas, ce gaillard.

— Comment ça ?

— Ben non. J'ai sonné à Claire Machinchouette, et elle m'a donné son nom de famille, qu'elle a épelé au téléphone. Je lui ai dit que si elle ne collaborait pas, elle irait au trou.

Lynch jeta un œil désespéré à Barn qui commençait à attraper un fou rire.

— À mon avis, ce Michel Dupuis a été inventé de toutes pièces par cette madame, si vous voyez ce que je veux dire…

— Je vois très bien, assura l'inspecteur. Mais Claire Sanders vous a peut-être donné un faux nom ?

— Pas du tout ! s'écria le stagiaire. Je lui ai fichu la trouille avec ça, même que j'ai ajouté qu'elle risquait perpète.

— Vous prenez des libertés, mon cher, constata Lynch.

— Faut ce qu'il faut. On est de la police ou on ne l'est pas, hein, comme disait mon père qui était garde champêtre.

— Certes. Eh bien, au revoir, et merci pour votre collaboration.

— Si je peux faire quelque chose, n'hésitez pas à me sonner hein !

— À vous quoi ? s'étrangla Barn.

— À l'appeler, précisa Lynch. C'est belge.

— Ah !

Le mangeur de spéculoos quitta le bureau en faisant un salut militaire. Un pur et dur, né dans la volaille.

— C'est qu'il a salopé mes dossiers avec ses biscuits de merde, éructa Barn. Quel cas !

— Oui, ça colore le paysage.

— Tu penses que Claire Sanders se serait inventé un amant ?

— Pas impossible, admit Lynch. Si tu voyais sa sœur, tu comprendrais.

— Mais pourquoi elle aurait fait ça ?

— Sans doute pour mettre un peu d'ambiance dans la vie morne qu'elle devait avoir avec son mari. Va savoir... Les femmes sont souvent fantasques.

— La mienne n'était pas comme ça.

— Sûrement que si, puisqu'elle est partie, fit Lynch.

Barn se renfrogna. Son envie de rire lui était passée. Même s'il se plaisait en célibataire, le départ de son épouse restait un mauvais souvenir. Trop brutal et inattendu. La garce ! Et maintenant, il devait se coltiner sa mère. Tout ça, c'était à cause d'elle. Si elle était restée... Salope ! Il vira les miettes de son dossier et s'assit.

— Au fait, la main retrouvée dans l'arbre, on est bien sûr qu'elle appartient à Luc Doms ?

— On est sûr, d'après les analyses, qu'elle est bien du même groupe sanguin que les restes du cadavre qu'on a fini par retrouver sous les décombres et qui sont supposés être ceux de Luc, précisa Lynch.

133

— Mmm…

— Nicki m'a dit que quelqu'un, dont elle veut taire le nom, lui a affirmé avoir vu s'échapper un type un peu avant l'explosion, et qu'il aurait balancé une main dans l'arbre en face !

— N'importe quoi !

— Je le pense aussi. Mais il ne faut négliger aucune hypothèse.

— Ça n'a pas de sens, grogna Barn. Pourquoi aurait-il fait ça ? Et qui serait ce type ?

— Aucune idée… En tout cas, Alice est formelle, et elle a bien reconnu l'alliance de son mari.

— Rien d'autre ?

— Non.

Lynch se garda bien de parler de son frère. De toute façon, il n'y était pour rien. Absolument pour rien. Tout le monde n'est pas capable de sauter dans l'eau, comme l'avait fait Franky, pour sauver un gosse de la noyade. On ne devient pas assassin quand on a reçu une médaille de bravoure.

27

Nicki avait découpé la photo de Luc Doms dans un journal et l'avait posée à côté de la main coupée. Elle s'était concentrée plusieurs fois sur ces deux éléments, sans résultat. Comme pour le pendule, il fallait se mettre dans un état de réceptivité, de calme et d'humilité. Et, surtout, persévérer ! Ce n'était pas normal. Il y avait une sorte de brouillard. Une impression de trouble. Difficile à définir…

Elle avait caché la main dans son congélateur en espérant que personne ne viendrait prendre des glaçons en son absence. Peu probable. À part un cambrioleur. Qui aurait voulu partager la vie d'une femme dont la tête servait de cage aux assassins ? Elle avait pensé plusieurs fois abandonner ce métier. Mais comment continuer à vivre tranquillement quand on sait qu'on a un pouvoir particulier qui peut aider à arrêter les tueurs et sauver des vies ?

Dans cette enquête, on n'avait visiblement pas affaire à un serial killer. L'attentat avait très probablement visé Alice. Pas sûr que la mort de Luc ait été intentionnelle, et encore moins celle du voisin serviable. Dans d'autres circonstances, Nicki ne s'en serait pas mêlée. Mais depuis très longtemps, c'est la première fois qu'elle ressentait une telle attirance pour quelqu'un. Était-ce seulement parce que cette femme lui rappelait son amie assassinée ? Avec son visage d'enfant, ses cheveux d'or, son regard qui porte le bleu de la mer et ce petit sourire triste comme une déchirure dans la nuit. Ou était-ce autre chose ? Inconsciemment, Nicki sentait une menace sourde autour d'Alice. Quelque chose d'informe qui ressemblait à ce brouillard entourant la main...

La personne qui s'était échappée de la villa allait sûrement vouloir achever son « œuvre ».

Nicki aurait aimé avoir les coordonnées d'Alice, l'appeler, lui parler, lui dire qu'elle n'était pas seule. Mais comment expliquer à Lynch qu'elle s'intéressait à cette fille et qu'elle la croyait en danger ? La police menait son enquête. Pas besoin d'elle dans cette affaire. Encore moins d'une gouine. Même si l'inspecteur devait être du genre cool avec les histoires de cul, elle n'était pas sûre qu'il puisse admettre ça de sa part. Quant à ce coincé de Barn, pas la peine !

Nicki connaissait cependant le quartier où vivait Alice. Lynch lui en avait vaguement parlé. Elle décida d'y aller. Elle croyait aux « hasards », persuadée que là-haut quelqu'un tire parfois les ficelles pour mettre des gens sur notre chemin. Elle enfila son perfecto – le seul vêtement auquel elle tenait vraiment, comme une seconde peau – et prit sa voiture pour se rendre dans le quartier du Musée éphémère, où vivait Alice avec sa grand-mère.

L'endroit était désuet, avec ses maisons étouffées par le lierre. Pas de fleurs ni d'enfants pour jouer. Elle frissonna. Ce lieu lui faisait penser à un cimetière.

Elle tourna un peu autour du parc jusqu'au moment où elle vit un magasin, Chez Bilboquet, sorte de caverne d'Ali Baba, antre du fourre-tout. Elle aimait ça. L'endroit ressemblait aux coffres à jouets de son enfance.

Elle gara sa voiture et entra dans la boîte à merveilles. Une clochette tinta quand elle poussa la porte. Tout était entassé, ne laissant qu'un étroit passage jusqu'au fond de la boutique où on apercevait une petite lumière avec une ombre au-dessous. Il y avait de tout : des paquets de sucre qui devaient dater de la guerre, des chaussures, des chapeaux, des produits de nettoyage, des brosses, des ballons, et même des cerfs-volants !

Nicki avança prudemment, consciente que le moindre faux pas risquait de faire tout s'écrouler. Arrivée au bout de ce capharnaüm, elle distingua un petit bonhomme à tête de musaraigne avec un tablier gris d'instituteur et des lunettes rondes sur le bout du nez. Une créature hors du temps. Il notait des chiffres dans un calepin jauni. Ne leva même pas la tête pour voir qui se trouvait devant lui.

— Bonjour, dit Nicki.

— Bonjour, répondit-il, toujours plongé dans ses chiffres.

— Est-ce que par hasard vous ne connaîtriez pas une femme qui s'appelle Alice ?

Il fit comme s'il n'avait pas entendu.

— C'est une amie. Elle est blonde, très jolie, et...

— Si c'est une amie, vous la connaissez mieux que moi.

— C'est-à-dire que... elle a déménagé et vit chez sa grand-mère.

— Il y a beaucoup de monde qui vient ici. Des cars entiers de touristes.

Nicki réprima un sourire. *Encore un gros mytho*, pensa-t-elle. Elle n'en tirerait rien. Ce type était un fruit sec. Un champignon ratatiné. Elle lui tourna le dos et se balada dans le magasin sans plus se soucier de cet olibrius. Soudain, son attention fut attirée par une poupée en porcelaine, vêtue d'une robe en dentelles défraîchie. Elle avait des cheveux noirs et des petits souliers en cuir rose. Quelque chose dans son regard lui faisait penser à Alice. Quelque chose de triste, mais aussi d'un peu effrayant. Comme si cette poupée était habitée par un fantôme. Fascinant !

Elle l'acheta.

Quand il lui rendit sa monnaie, le vieux renard lui dit :

— Votre amie habite rue du Seize-Septembre, dans la maison avec une tourelle. Elle vient souvent ici pour acheter des jouets.

— Des jouets ? s'étonna Nicki.

— Puisque je vous le dis.

— Elle a des enfants ?

— Qu'est-ce que j'en sais ! Et vous, vous en avez ?

— Non.

— Pourtant, vous venez de m'acheter une poupée...

Nicki le salua sans répondre et s'en alla, enveloppant la poupée dans son blouson.

Peut-être qu'Alice lui ressemblait au point d'aimer encore les jouets à son âge... L'idée qu'elle puisse avoir un enfant contrariait Nicki. Ou plutôt, ça lui faisait peur. Mais c'était impossible ! Nulle part il n'était mentionné dans les articles de journaux que la jeune femme avait un gosse.

Nicki décida de se rendre à la maison d'Alice et de déposer la poupée sur le pas de sa porte. Sans un mot. Juste un cadeau. De toute façon, Alice ne connaissait pas Nicki. Elle cala la petite fille en porcelaine sur le siège du passager et démarra. Ses yeux de verre semblaient scruter l'horizon avec inquiétude...

28

« Philippe Cousteau » s'apprêtait à entrer dans son sous-marin avec un bout de ferraille à la main. Il allait devoir s'activer pour faire croire à la vieille qu'il travaillait dur à la réalisation de son projet, afin qu'elle continue à casquer. Lui, ça le faisait marrer qu'on le surnomme Cousteau. Il n'avait jamais aimé la mer ! Il fit un peu de bruit, comme d'habitude, histoire qu'elle entende qu'il bricolait. Au bout de quelques minutes, il cessa de taper sur la tôle et s'assit dans son fauteuil de dentiste. Maintenant que sa voisine n'était plus là, son périscope ne servait plus à rien. Il s'en foutait. Il avait vu ce qu'il y avait à voir et s'était constitué une petite rente supplémentaire avec ses photos. Y avait des amateurs pour ça. Quant à sa mère, il attendait qu'elle clamse. Il avait bien essayé de lui flanquer les boules avec les Russes, mais elle s'accrochait à l'idée que son Filou allait la sauver et l'emmener dans les mers du Sud. Quelle idiote ! Il l'avait jamais aimée. Trop conne.

Il sortit un sachet de sa poche déformée, sniffa un peu de poudre et planqua le reste dans une boîte en métal, derrière le pseudo tableau de bord. Le pognon de sa mère lui servait aussi à ça. Il se tapait un bon trip et vendait les déchets de ses rêves.

Il se sentit tout de suite mieux. Feuilleta une revue porno cachée dans un manuel de décollage et ouvrit son pantalon. Il avait toujours aimé se branler. Quand il baisait une gonzesse, il éprouvait moins de plaisir que quand il s'astiquait lui-même. Savent pas faire.

L'image de la meuf en train de pomper un mec se substitua à celle d'Alice. Il imagina que cette bite était la sienne. Au moment où il allait jouir, la porte s'ouvrit. D'habitude, il prenait la peine de la fermer à clef. Il avait oublié, merde !

Une silhouette, qu'il distinguait mal dans la pénombre, avança vers lui. Hébété, il tenta de se redresser. Son sexe était tendu et son pantalon glissa à ses pieds. Il vit l'ombre brandir un couteau de cuisine, lui attraper la bite et la couper d'un coup sec ! Avant qu'il ait eu le temps de se rendre compte de ce qui venait de lui arriver, il écarquilla les yeux et poussa un cri glauque. Un autre coup de couteau lui troua le ventre. Puis la gorge. Le sang giclait et il sentit quelque chose de chaud couler le long de ses cuisses. Ses boyaux jaillissaient de ses entrailles.

Une main lui arracha ses lunettes et les glissa dans sa poche. Avant de mourir, il eut le temps de reconnaître son assassin.

29

La mère de Cousteau ressemblait à une branche de céleri accrochée à sa sacoche. Elle portait un chapeau vert assorti à son manteau. Plus rien à voir avec la femme élégante qui était allée consulter le marabout ! En passant devant le banc où elle était assise, dans le commissariat, Barn se demanda si elle se faisait sauter par le sorcier.

— Venez, fit-il en la précédant dans son bureau.

Lynch était déjà là.

Paulette se leva en soupirant.

— Asseyez-vous, dit Lynch.

— J'préfère rester debout.

— Très bien. Mais on va en avoir pour un moment.

— M'est égal.

Barn s'assit à son bureau pour taper sa déposition. La secrétaire était en vacances.

— Donc c'est vous qui avez trouvé votre fils…

— Oui.

— Vous n'avez rien vu d'anormal auparavant ?

— Non.

— Que vous a-t-il dit la dernière fois que vous l'avez vu vivant ?

— Rien. Qu'il allait chez le garagiste. C'était son copain.

— Vous le connaissez ?

— Non.

— Vous n'avez jamais eu envie de rencontrer les amis de votre fils ? s'étonna Lynch.

— Non.

— Vous aviez de bons rapports avec lui ?

— Tant qu'il me faisait pas chier…

— Et récemment, pas de dispute ?

— J'vous vois venir avec vos gros sabots. Vous pensez qu'on s'est engueulés et que je l'ai tué, c'est ça ?

— Vous ne seriez pas la première mère à tuer son enfant…

— Et qui c'est qui va s'occuper de moi pendant mes vieux jours, maintenant ? Hein ? s'énerva-t-elle. On se casse le cul à élever des mômes, et après ils vous laissent en plan comme une vieille merde.

— Vous n'aviez pas peur qu'il tombe amoureux et qu'il s'en aille ?

— Pour aller où ? Il n'avait pas d'argent. C'est moi qui l'entretenais avec ma pension. Et puis il aurait pas laissé son sous-marin. Des années de travail !

— Pourtant, il aimait bien Alice Doms.

— Il m'en a jamais parlé. Suis pas au courant.

Lynch regarda Barn. Elle mentait ! L'inspecteur faillit lui parler du marabout et de sa demande d'éliminer la jeune femme, mais il opta pour une autre stratégie. Il joua à l'ignorant afin qu'elle ne se sente pas prise au piège. Parce qu'elle allait rester quelques heures en garde à vue, puis serait libérée faute de preuves, en attendant l'autopsie. Lynch la ferait surveiller…

144

Il savait que Barn était retourné chez le marabout pour lui demander de faire en sorte que sa mère se trouve un amant et débarrasse le plancher. Il pourrait toujours continuer à lui tirer les vers du nez à propos de la vieille.

— C'est bon ? grogna-t-elle. J'peux rentrer chez moi ?

— Mon collègue va vous raccompagner dans le couloir. On vous dira quand vous pourrez vous en aller.

— Pas qu'ça à faire, moi ! grommela Paulette en suivant Barn.

Elle ne referma pas la porte derrière elle. Pensif, Lynch douta qu'elle ait éprouvé du chagrin en voyant son fils déchiqueté de toutes parts. Elle n'avait pas l'air affecté.

Quand Barn revint, il s'affala lourdement sur sa chaise, désespéré.

— C'est elle qui te met dans cet état mon vieux ? s'étonna l'inspecteur.

— Non. C'est ma mère… et elle m'y fait penser avec son côté possessif, cette vieille guenon.

— Qu'est-ce qui se passe ?

— Ben, j'suis allé voir le marabout, comme je t'avais dit…

— Et ?

— Il a fait ce qu'il fallait pour qu'elle rencontre un amant.

— Bonne idée, ça !

— Non.

— Pourquoi, ça n'a pas marché ?

— Si, justement ! Sauf qu'elle a rappliqué chez moi avec le gars.

— Nooon ? se marra Lynch.

145

— Si. En plus, il pue des pieds, une vraie infection ! Et le soir, il enlève ses godasses et met ses babouches.

— Ses babouches ?

— Oui, il porte une djellaba.

— Il est arabe ?

— Non. Il se la pète. C'est tout. Il trouve que ça fait exotique depuis qu'il est allé passer des vacances au Maroc, et ma mère, ça la fait triper. Elle a l'impression de vivre avec Lawrence d'Arabie. En plus, il ne boit que du thé à la menthe. Bonjour l'ambiance... Le soir, quand je rentre chez moi, je me retrouve à la casbah.

— Mon pauv' vieux !

— Le pire, c'est qu'hier, c'était son anniversaire à la chéchia, et j'ai trouvé ma mère en train de faire la danse du ventre enroulée dans ma tenture !

Lynch éclata de rire. Imperturbable, Barn le regardait, désarçonné que son collègue, qu'il considérait comme un ami, ne soit pas plus compatissant. Il n'y avait vraiment rien de drôle à ça ! Voir sa propre mère exhiber son nombril dans le salon n'avait rien de comique. Lynch ne pouvait pas comprendre. Il n'avait pas connu sa mère, ou si peu.

— Te vexe pas, s'excusa l'inspecteur, mais j'imagine la scène...

— N'en parlons plus. Alors, tu crois que la mère du sous-marin est coupable, toi ? fit-il pour changer de sujet.

— Pas impossible. Elle a dû avoir peur de voir son fils se tirer avec une autre, et plutôt que de le perdre, elle a préféré le tuer. C'est un scénario plausible. D'autant qu'elle a pu lui couper le sexe parce que pour elle, c'est ce qui le perdait.

— C'est pareil pour nous, non ? fit Barn.

— Non, moi, c'est ce qui me sauve, décréta Lynch.

— Mmm… J'me demande si elle est aussi conne qu'elle en a l'air et si elle a vraiment gobé cette histoire de sous-marin, ou si elle a fait semblant pour garder son fils auprès d'elle.

— Faudra rendre visite au garagiste et la tenir à l'œil, la mémé. Une occasion pour toi de retourner chez le marabout pour lui demander de trouver une solution avec ta mère.

— Y en a pas. Elle a toujours eu l'art de s'incruster. C'est un don chez elle.

— Alors faut demander que ta femme revienne, *comme un petit chien…* suggéra l'inspecteur.

— Ah non ! Maintenant que j'ai découvert les délices de la danse avec Coco…

— Quoi ? s'étrangla Lynch. Me dis pas qu'elle t'a inscrit à ses cours de danse chez la femme de l'épicier ?

— Si. J'apprends la rumba. Ça me déstresse.

— Tu te fous de moi ?

— Pas du tout ! D'ailleurs, tu devrais essayer.

Lynch pensait à ce que diraient ses collègues de la police s'ils savaient que Barn et lui prenaient des cours de rumba avec une pute ! Sûr qu'ils les traiteraient de tafioles.

Un pâle soleil éclairait le parc. Nicki avait besoin d'air. De sentir un peu de chaleur sur sa peau. Elle pensait trop à Alice. Cette fille l'obsédait et elle en rêvait. Ça la changeait de ses cauchemars. Mais son obsession amoureuse était pareille à celle qu'elle éprouvait quand elle traquait un assassin. Ou quand elle se glissait dans la dépouille d'un cadavre.

Lynch l'avait appelée pour lui parler du crime qui avait eu lieu hier soir. Bien que la police n'ait pas fait appel à elle pour cette enquête, estimant que ça ne concernait pas une profileuse, l'inspecteur la tenait au courant de manière informelle. Et elle lui en était reconnaissante. Peut-être pensait-il qu'elle pouvait l'aider d'une manière ou d'une autre grâce à son intuition… De toute façon, elle se sentait concernée puisqu'on avait trouvé des photos d'Alice nue chez la victime. Elle aurait bien aimé les voir.

Ben, le clochard, était assis sur son banc, comme souvent. Nicki se demandait à quoi il pouvait bien penser, figé là, à la même place, pendant des jours entiers.

Elle eut envie de s'attarder près de lui, ce qu'elle faisait rarement par souci de ne pas le déranger. Il lui sourit et lui tendit un bonbon rouge.

— Merci ! Vous en donnez à tout le monde ? demanda-t-elle.

— Non. Rien qu'à vous.

Quel charmeur ! Elle savait que c'était faux. Du moins le supposait-elle.

— Pourquoi à moi ?

— Je ne sais pas.

— Je vous plais, c'est ça ? se moqua-t-elle.

— Vous n'êtes pas mon genre.

— Ah bon ? fit-elle un peu vexée.

— Je préfère les mecs.

— Non ? Vous êtes homo ?

— Avec des robes, précisa-t-il.

Nicki se mit à rire, persuadée qu'il se moquait d'elle. Mais il resta sérieux.

— C'est une blague ?

— Ça vous choque ?

— Pas du tout.

Elle faillit lui dire qu'elle-même… Mais se retint. Pourquoi se confierait-elle à un inconnu ? Et s'il jouait avec elle pour en savoir plus ? Après tout, il était près de la villa quand elle avait explosé…

— Il y a eu un autre crime, dit-il tranquillement.

— Comment vous savez ça ? Vous avez lu le journal ?

— Non. Je n'ai pas besoin des infos. J'étais là.

— Attendez, s'étrangla Nicki, vous êtes en train de me dire que vous étiez de nouveau là quand le crime a eu lieu ?

— Oui. Je me promenais.

— Mais… quelle raison aviez-vous d'aller là-bas ?

— Je suis un ermite. J'erre…

— Vous savez que je vais commencer à vous trouver suspect malgré toute la sympathie que j'ai pour vous, regretta-t-elle.

— Être sur les lieux d'un crime ne fait pas de moi un criminel.

— Non, mais un suspect, si.

— Si vous me faites arrêter, je ne pourrai plus vous aider.

— J'comprends pas.

— Écoutez, fit-il en se tournant vers elle et en regardant si personne ne se pointait à l'horizon, normalement avec le métier que vous faites, vous devez savoir qu'il y a des choses irrationnelles…

Nicki ne se souvenait pas de lui avoir parlé de son métier. Curieux personnage ! Elle se renfrogna comme chaque fois qu'elle ressentait de la méfiance envers quelqu'un.

— Je vois des images. Des sortes de flashs. Ça m'arrive souvent. Ne me demandez pas d'où ça vient, j'en sais rien. Si je suis venu m'asseoir sur ce banc, ce n'est pas par hasard. Quand je vous ai vue la première fois dans la rue, je vous ai suivie. J'avais l'impression de vous avoir connue avant que je perde la mémoire. Ou alors dans une vie antérieure, je ne sais pas. À moins que vous ne ressembliez à quelqu'un qui a fait partie de ma vie ? Tout ça est très trouble. Mais j'ai l'intuition profonde que je suis là pour vous aider.

— C'est ça ! Vous êtes mon ange gardien, quoi ! s'exclama Nicki.

— En quelque sorte.

— Je l'imaginais plutôt avec de grandes ailes blanches. Pas avec une redingote rapiécée…

— Faut surtout pas se fier aux anges qui ont des ailes, ma chère ! Ce sont des mirages.

— Je tâcherai de m'en souvenir, promit Nicki. Vous avez donc vu qu'il allait se passer quelque chose dans le quartier de Golconde, c'est ça ?

— C'est ça.

— Vous vous fichez de moi ou quoi ?

— Pas du tout, assura-t-il.

— Qu'avez-vous vu ? Quelqu'un jeter une autre main dans un arbre ?

— Non. Tout ce que je peux vous dire, c'est que c'est pas la mère du constructeur de sous-marin qui a tué son fils.

— Ah non ? Et pourquoi ? Vous étiez en train de prendre le thé ensemble ?

— Je ne bois pas de thé.

— Qu'est-ce qui vous fait affirmer que ce n'est pas elle, alors ?

— Rien. Seulement qu'il va y avoir un autre crime. Et que tous ces meurtres sont liés.

— N'importe quoi ! s'énerva Nicki. Vous n'êtes pas capable de vous souvenir de votre propre vie, mais vous voyez celle des autres !

— C'est peut-être pour ça... Vous savez ce que disait Magritte ? « Rien n'est confus, sauf l'esprit. »

— Tiens, tiens, de ça, vous vous en souvenez !

— Il vient de me le souffler. On est en contact, fit-il en levant les yeux au ciel.

Nicki s'en alla. Elle se demanda si cet homme ne cherchait pas à la manipuler pour la conduire sur de fausses pistes. Avait-il vraiment perdu la mémoire ?

Elle sentit le bonbon dans sa poche. Et s'il était empoisonné ?

31

Alice avait couché sa grand-mère. Fatiguant de s'occuper d'une vieille dame impotente ! Elle était tombée dans l'escalier de la cave et, depuis, elle était en fauteuil roulant. Elle avait eu un choc émotionnel et en avait perdu l'usage de la parole. C'est à cette époque qu'Alice avait sollicité les services d'une infirmière, qui venait deux fois par jour. Maintenant que Luc n'était plus là, c'est elle qui s'occupait de sa grand-mère. Elle lui devait bien ça !

La jeune femme regarda la poupée posée sur le buffet. Qui avait bien pu lui déposer cette chose sur le pas de la porte ? Quelqu'un qui ne la connaissait pas. Parce qu'elle avait toujours détesté les poupées… Pour elle, c'était des nids à revenants. Elle était persuadée que les âmes des errants prenaient possession de ces jouets, et que, la nuit, ils les faisaient cligner des yeux. D'ailleurs, quand elle était petite, elle entendait les cliquetis des paupières de ses poupées. Et ça l'empêchait de dormir. Clic ! Clic ! Clic ! Une nuit, de rage, elle les avait toutes cassées.

C'est à cause de ces histoires qu'on lui racontait autrefois. Ou alors était-ce les bruits de clefs ?

Toujours les mêmes, qui venaient la surprendre à n'importe quel moment.

Alice aurait aimé avoir une vie douce. Elle regarda le ciel par la fenêtre. Un ciel d'encre, sans étoiles. Soudain, elle entendit des coups. Comme si quelqu'un frappait contre la vitre. Une branche d'arbre, sans doute…

Elle ferma les tentures et se mit à recoudre la robe de sa grand-mère. Toute déchirée ! La vieille femme agitait trop ses bras. Se griffait avec ses mains. Demain, elle lui couperait les ongles. Et si ça n'allait pas mieux, elle serait obligée de lui lier les bras aux accoudoirs de son fauteuil.

Pourtant, Alice faisait tout pour la distraire.

Le bruit recommença. Plus fort, cette fois. La jeune femme prit peur. Il lui fallut un temps avant d'oser se lever et d'écarter les rideaux. Personne. Mais, au loin, il lui sembla distinguer une ombre qui la guettait, tapie derrière la cabine téléphonique dans la rue en face. Fallait pas que ses peurs la reprennent. C'était sans doute une personne qui attendait quelqu'un.

Le mieux était d'aller se coucher. Elle éteignit la lumière du salon et traversa le hall, éclairé par la lune qui filtrait à travers la fenêtre. Comme tous les soirs, avant de grimper à l'étage, elle s'assura que la porte d'entrée était bien fermée à clef. Elle marcha dans quelque chose de gluant et poisseux. Alluma l'interrupteur du couloir et poussa un cri ! Une flaque de sang s'étalait sous la porte.

32

Le *netsuke* préféré d'Arnaud était celui représentant un lion, son signe zodiacal. Une très belle pièce en ivoire. Il le reposa délicatement au milieu des autres. Prit le chien de Fô birman, qui avait dû être un ancien ornement de temple, et le détailla à la loupe. Il savait que cette pièce unique avait la propriété d'éloigner les mauvais esprits. Et ce masque d'acteur de théâtre kabuki, une merveille !

C'est sûr qu'il avait du goût, ce salopard d'oncle Steve. C'est tout ce qu'il lui trouvait comme qualité. Paix à son âme. Comment avait-il pu léguer ces trésors à cet empoté de Luc, qui n'y voyait que la valeur marchande. La preuve, avant, jamais il ne s'était intéressé à l'historique de cette collection. Et quand il en avait hérité, il s'était rué dans une librairie pour y pêcher tous les renseignements possibles, surtout dans le but d'évaluer sa fortune. Non, vraiment, il ne méritait pas un tel héritage. Des perles dans les pattes d'un crapaud.

Faut pas aimer l'art pour le mettre dans un coffre à la banque, pensa Arnaud. *Ici au moins, je peux les contempler, les toucher. Les faire vivre !*

Il referma la vitrine, satisfait de la manière dont il avait mis ces pièces en valeur. Une belle lumière éclairait l'ensemble. Il glissa la petite clef dans la poche de son peignoir et s'assit en face du feu de cheminée. Il se sentait bien là, tout seul. Les gens l'insupportaient très vite. Il les trouvait souvent creux et inintéressants. Des sarbacanes. On souffle dedans et aucun son n'en sort. Avait-il jamais aimé quelqu'un en dehors de lui-même ? En tout cas, à part sa mère, qu'il n'aimait guère mais qu'il admirait, il n'en gardait aucun souvenir. Et ça ne lui manquait pas.

Sa mère, oui... Il l'admirait parce qu'il la trouvait belle, intouchable, insaisissable. Mais elle ne lui avait jamais manifesté le moindre attachement affectif. Une femme de marbre tout blanc. Curieusement, il n'avait jamais souffert de ce manque de tendresse. C'est quand il avait découvert *L'Étranger*, de Camus, qu'il avait compris pourquoi. Il était pareil.

Il se versa une rasade de vodka. Et savoura la première gorgée.

On frappa à la porte. Il n'attendait personne.

Il vida son verre avant d'aller ouvrir.

Ce fut sa dernière vodka.

33

Tequila ne souriait pas. La chienne n'avait pas eu son apéro. Son maître était en dessous de tout. Calée dans son fauteuil, elle le regardait tourner en rond. Il semblait nerveux depuis ce coup de fil. Elle attendait qu'il lui parle. Comme tous les soirs. À qui d'autre aurait-il pu faire la conversation, d'ailleurs ? C'est sûr que c'était plus passionnant que quand elle vivait avec la vieille. En plus, elle sentait le graillon, celle-là. Ici flottait une bienheureuse odeur d'alcool qui vous mettait dans un état de béatitude proche du paradis. Ou, du moins, de l'idée qu'elle s'en faisait. Tequila pensait que les hommes allaient direct en enfer. Ils étaient vraiment trop cons et égoïstes, ces bipèdes ! En plus, ils foutaient la planète en l'air. Par contre, elle espérait qu'il y aurait une exception pour des mecs comme son maître. Elle aimerait continuer à trinquer avec lui là-haut. De toute façon, un paradis sans alcool est comme un chien sans couilles. Aucun intérêt !

Elle soupira et rota un bon coup, histoire d'attirer l'attention du tourniquet qui lui donnait la nausée. Lynch s'arrêta et finit par sortir la bouteille de tequila. Bingo ! Soda, sel et citron… Paf ! La chienne fourra sa petite langue dans le verre. Santé ! Elle se lova dans le fauteuil et écarta ses babines tant qu'elle put pour avoir un autre verre. Ça marchait à chaque fois. Depuis qu'elle avait trouvé ce truc bête, sa chienne de vie avait changé. Elle avait bien senti au début que c'était pas gagné avec ce grand dadais qui l'avait recueillie. Ce con avait essayé de la refiler à plein d'autres cons qui n'en n'avaient pas voulu. Tant mieux. Qui d'autre aurait eu l'idée de lui faire goûter de la tequila ? Chez la vieille, elle était obligée de boire de la flotte. Dégueulasse ! Ça lui avait filé des hémorroïdes.

Depuis qu'elle buvait, Tequila voyait la vie en rose. Et rêvait toutes les nuits de mâles dotés d'une grande bite qui dansaient rien que pour elle. Un bonheur absolu ! Mais son amour, son prince, c'était incontestablement Lynch, parce qu'il était inaccessible. Pour Tequila, comme pour la plupart des femelles, rien n'était plus attirant que l'impossible. Elle se voyait avec un paletot de mariée dans le lit de son maître. Tous les deux pétés comme des coings. Pour le moment, elle dormait toujours par terre à côté du plumard. Mais elle allait bien y arriver, à force de sourires.

Il s'installa en face et, comme d'habitude, après la quatrième tequila, finit par lui parler.

— C'était le directeur de l'établissement de Franky. On ne l'a toujours pas retrouvé, mais il m'a dit qu'on avait découvert des animaux égorgés dans le parc de l'asile. Et qu'il les avait décapités pour planter leur tête sur les piquets de la clôture… Alors direct, ils ont pensé à lui. Tu te rends compte ? J'peux pas imaginer mon frangin en train de faire ça. Qu'est-ce t'en penses, toi ? Hein ? Rien. Ça ne pense pas un chien.

Et pourquoi ça penserait pas, imbécile ? Tu crois que t'as la palme avec ton petit cerveau de poulet ? T'as oublié que tu m'as raconté que t'avais vu ton frère sur une vidéo, occupé à bouffer un pauvre chien comme moi ? Tu zappes ce qui te dérange, c'est ça ? Ou t'as la mémoire remplie de Canigou ? En tout cas, j'veux pas qu'il foute ses sales pattes ici, çui-là. S'il se pointe, je lui mords les couilles. Et je les recrache direct. Pas envie d'avoir la chiasse.

34

Au volant de sa voiture, Alice repensait à ce putois cloué sur sa porte, la veille au soir. Qui avait bien pu faire ça ? Et pourquoi ?

Elle n'aimait pas rouler la nuit. Les phares ressemblaient à des yeux d'hyène surgissant de nulle part. Quand elle traversa le domaine d'Arnheim, Alice eut des frissons. Cet endroit entouré de rochers lui avait toujours paru sinistre. La journée, de nombreux touristes venaient admirer la pointe de la plus haute roche, en forme de tête d'aigle. Sa grand-mère lui avait raconté qu'un ermite avait trouvé un nid contenant deux œufs. Et qu'il les avait recouverts de son manteau. Deux monstres étaient nés. Des sortes de rapaces avec des dents pointues et des cactus au bout des pattes. Ils étaient aveugles et poussaient des cris perçants. Ils ont fini par dévorer l'ermite dont l'âme erre toujours dans les rochers, réincarnée en aigle.

Petite fille, Alice en avait déduit qu'il était dangereux d'aider les autres. À chacun son chemin.

Même avec les phares, la route demeurait sombre. Elle ralentit pour ne pas rater un virage. Seule la lune éclairait la tête de l'aigle entourant la pierre bleutée d'un halo jaune pâle. Elle se rappela les premiers vers de ce poème intitulé *Le Domaine d'Arnheim* : « Le jardin était taillé comme une belle dame étendue et sommeillant voluptueusement, et fermant ses paupières aux cieux ouverts… » Ne se souvenait plus de qui. Elle avait beaucoup lu, à une époque, quand elle n'arrivait pas à dormir la nuit. Depuis quelque temps, ça allait mieux.

Soudain, elle freina d'un coup sec, manquant de voler dans le décor ! Une ombre venait de traverser la route. Il avait semblé à Alice qu'elle avait un capuchon et tenait une lanterne.

35

— Heureusement que t'as pas claironné à tout le monde que t'avais envie de le tuer, fit Barn devant la dépouille d'Arnaud. On aurait pu penser que…

— J'étais avec Coco, hier soir, dit Lynch.

— Tu sais ce que valent les témoignages d'une pute…

— C'est pas une pute, c'est une femme du monde.

— Tu devrais l'épouser, suggéra Barn.

— T'as pas d'autres conneries à dire ?

Barn soupira. Il essayait de détendre l'atmosphère, mais comme chaque fois qu'il voulait faire de l'humour, ça tombait à plat. Arnaud gisait dans une mare de sang, devant une vitrine vide qui avait été cassée. Son corps était lardé de coups de couteaux. Visiblement, le motif du meurtre était le vol. De quoi ?

— Je suppose que c'est là-dedans qu'il avait enfermé sa collection de *netsuke*, suggéra Lynch, puisqu'il en avait hérité après la mort de Luc Doms.

— Faut déjà que ce soit un ou des voleurs qui s'y connaissent en art… Vraisemblablement, d'autres auraient piqué du matériel vidéo ou des trucs du genre…

— Ah oui ? se moqua Lynch, tu crois que ce fêlé vivait dans son époque ? Rien de tout ça ici. Ni portable, ni télé… Me demande même s'il avait la radio. Ce gars-là pataugeait dans son monde et dans ses délires.

— Peut-être, mais des voleurs ordinaires auraient aussi emporté l'argenterie, or seul le contenu de la vitrine a disparu.

— C'est vrai, admit Lynch.

— Tu penses qu'il y a un lien avec les autres meurtres ? L'explosion et l'assassinat de Cousteau ? Ou bien c'est purement un hasard ?

— Je ne sais pas. Curieux quand même… Jim Sanders, le voisin, semblait en pincer pour Alice. Luc Doms, le mari, était également le cousin d'Arnaud et avait hérité de leur oncle. Cousteau matait la femme de Luc. Et ce dernier se tapait Clara Pampa, la pute retrouvée pendue, résuma Lynch. Mais quel rapport peut-il y avoir avec le meurtre d'Arnaud ? À part le vol, je ne vois pas…

— Et si le vol n'était qu'un prétexte pour masquer la vraie raison et nous emmener sur une fausse piste ?

— Pas con. On devrait mettre Nicki sur le coup.

— Ah non ! Pas cette chieuse, gémit Barn.

— C'est parce que t'as pas le tour avec elle. Sois cool, laisse glisser. En tout cas, elle est efficace.

— Ouais, mais j'suis pas d'humeur à supporter son sale caractère, j'ai déjà ma mère…

— Hé, inspecteur, regardez ! fit l'expert. Il a une cicatrice en forme de zigzag au cou.

— Y a quelque chose dans sa main, constata Lynch en s'agenouillant.

L'expert eut du mal à écarter les doigts du mort. Ils craquèrent. Arnaud tenait un bout de faïence provenant du vase, qui avait volé en éclats dans sa chute.

— C'est sans doute avec ça qu'il s'est fait l'entaille au cou, décréta Lynch.

— Pas logique, dit Barn. C'est plutôt l'assassin qui a dû laisser une marque, comme une signature. Tu vois un type en train d'agoniser se faire un truc pareil ?

— Moi, je pense que c'est lui, insista Lynch. Pour quelle raison aurait-il un morceau de faïence serré dans la main ? Il a voulu nous dire quelque chose sur celui qui l'a tué. Mais quoi ?

36

Lynch sourit en voyant Nicki installée au bar du Blue Moon. Malgré son allure de baroudeuse, il la trouvait sexy. Un mélange de Lara Croft et de gosse perdue dans la brousse. Sous ses airs de dure à cuir, il la sentait fragile. Mais qui ne l'est pas ? Un jour ou l'autre, tous les rochers se fendillent.

— Désolé pour le retard, s'excusa l'inspecteur. On a encore un mort sur les bras.

— Je sais.

— Ah bon ? s'étonna Lynch, qui ne lui avait encore rien dit. Barn t'a appelée ?

Quand il la rencontrait en « terrain neutre », il la tutoyait.

— Euh, non…

Nicki se rendit compte de sa gaffe. Elle ne pouvait quand même pas expliquer à Lynch que sa source de renseignements était un clochard amnésique qui avait des flashs ! Même s'il n'était pas coincé des neurones, il avait ses limites.

— J'ai dit ça comme ça, mentit-elle. Tu bois quelque chose ?

— Un bilbao. Ça me changera de la tequila, fit-il en s'asseyant sur le tabouret à côté d'elle.

— Ah oui ? Tu l'aimes comment ? Bang bang, boum boum, ou paf ?

— Je constate que madame s'y connaît ! Moi, je les aime sous toutes les formes, mais la tequila frappée convient très bien à ma chienne. Elle adore, et ça lui ressemble. Elle est un peu dingue.

Nicki se demanda si finalement il n'était pas mûr pour entendre sa version avec le clochard… À moins qu'il se moque d'elle. Faut pas se fier aux flics.

— Et quand elle picole, ajouta Lynch, figure-toi qu'elle sourit !

Nicki le dévisagea d'un drôle d'air. Dès que les gens commencent à parler de leurs animaux de compagnie, ils ont déjà un pied dans une pantoufle. Foutus ! Mais lui, il délirait carrément.

— Tu devrais lui apprendre à conduire, se moqua-t-elle.

— Pourquoi pas ? J'suis sûr qu'elle en serait capable…

— C'est pour me parler de ta chienne que tu as voulu me voir ?

— Non. Du meurtre d'Arnaud Lester. En bref, on l'a retrouvé poignardé et sa collection de *netsuke* a disparu. Luc Doms et lui avaient un oncle qui, à sa mort, a tout légué à Luc. Ce dernier ayant péri dans l'explosion de la villa, c'est Arnaud qui a hérité de ces œuvres qui valent bonbon.

— Pas Alice ?

— Non. Ils étaient mariés sous le régime de séparation de biens et l'oncle avait fait un avenant à son testament. Mais ce qui est curieux, c'est qu'avant de mourir, Arnaud s'est fait une cicatrice en forme de zigzag au cou.

— T'es sûr que c'est lui ?

— On a retrouvé le morceau de faïence qui a servi à ça dans sa main et le sang analysé correspond au sien.

— Comme s'il avait voulu donner un signe, c'est ça ?

— Oui, exactement.

— Bizarre, admit Nicki.

— C'est pas tout. À l'autopsie, on a découvert un *netsuke* enfoncé dans son rectum.

— Il a pu l'avaler pour en garder un !

— Non, il était près de l'anus, qui était déchiré.

— Et que représentait cette statuette ?

— Un lion.

— Il est né quand, Arnaud ?

— Attends…

Il fouilla dans la poche de son imper et en sortit des papiers qu'il consulta.

— J'me doutais que tu allais me demander des détails. Le 27 juillet.

— Il est du signe du Lion ! Donc, l'assassin le connaissait bien.

— Ou c'est le hasard, fit Lynch en vidant son verre de bilbao.

— Y a pas de hasard avec les serial killers, décréta Nicki.

— Mais qui te dit que c'en est un ?

— Luc, le mari d'Alice, son voisin, la pute, le fêlé du sous-marin et maintenant lui, ça ne te suffit pas ?

— Encore faut-il qu'il y ait un lien entre ces meurtres…

— On a bien retrouvé des photos d'Alice chez celui que vous appelez Cousteau, non ?

— Je vois que tu ne perds pas une miette de nos activités en apnée, constata l'inspecteur.

Nicki se contenta de sourire.

— Bien. Et entre Arnaud et Cousteau, y a quoi comme lien ? Tu crois qu'ils faisaient de la plongée ensemble, peut-être ?

— En quelque sorte, dit Nicki. Cousteau lui fournissait sa came. Arnaud était un de ses plus gros clients.

— QUOI ? s'étrangla Lynch. Comment tu sais ça ?

— Ne me dis pas que t'avais pas remarqué qu'Arnaud était coké à mort !

— Ben… En fait, non, avoua l'inspecteur. J'y avais pas songé. Je croyais qu'il était dingue et que c'était de naissance.

Nicki soupira avec condescendance en le regardant. Heureusement qu'il avait un chien, parce qu'il était en train de perdre son flair, le super flic !

— Comment tu as découvert ça, toi ? T'es une vraie fouine, ma parole !

— Suis allée faire réparer le pot d'échappement de ma bagnole chez le garagiste. Pas ma faute si c'était le copain de ton navigateur en eaux troubles…

— Un pur hasard, ironisa Lynch.

— C'est ça ! On apprend beaucoup de choses chez les garagistes. C'est comme chez les coiffeurs, tu devrais essayer, conseilla Nicki en regardant sa tignasse hirsute.

— Tu peux parler ! Je suis sûr que tu n'as jamais vu un coupe-tifs de ta vie !

— T'as raison. Je déteste qu'on touche à mes cheveux.

— Et au reste ?

— Si on revenait à notre affaire ? suggéra la jeune femme.

— C'est vrai que tu m'as pas mal aidée sur ce coup-ci, admit l'inspecteur. J'ai bien fait de t'appeler. Donc, il y a un lien entre tous ces morts. Tu as une idée de qui aurait pu commettre ces crimes ?

— Je pense que la mère de Cousteau est en première ligne… Elle détestait Alice parce que son fils avait des vues sur elle et risquait de lui échapper. Le voisin, c'est un accident. Elle visait surtout Alice. Quant à son mari, il se trouvait dans le lot, sans plus. Pas de bol. Elle a dû découvrir les activités de son fiston. Et se rendre compte qu'il l'avait bernée avec son histoire de sous-marin, juste pour lui pomper son pognon et acheter sa came. En plus de ça, il était un des clients de Clara Pampa. Tu le savais ?

— Non, avoua Lynch. Tu en es sûre ?

— Oui, j'ai mené ma petite enquête…

— On se demande à quoi on sert dans la police, grogna l'inspecteur.

Nicki fit semblant de ne pas avoir entendu et continua :

— Alors elle s'est vengée et l'a tué en le punissant par là où il avait péché. Plus de sexe ! Ensuite, elle a zigouillé Arnaud parce qu'il trafiquait avec son gamin.

— Ça se tient, admit Lynch. D'autant qu'elle est costaude, la vieille ! Mais alors, pourquoi elle n'a pas zigouillé le garagiste ?

— Qui te dit qu'elle n'en a pas l'intention ?

— Mmm… À mon avis, elle a une autre priorité !

— Oui, fit Nicki. Tuer Alice. Et cette fois, elle risque de ne pas la rater…

— Pas d'inquiétude à avoir. J'ai planté un de mes hommes devant chez elle, et la vieille est également sous surveillance.

Nicki n'avait aucune confiance dans les plantons.

Pour ça que je vais emmener Alice très loin. Où les ogres n'ont pas d'appétit.

37

— J'ai repassé ta belle chemise pour aller travailler !

— Merci maman, mais je suis déjà habillé, lança Barn en saisissant sa mallette.

— Quoi ? Mais c'est pas possible, s'écria Georgette en déboulant dans le hall où son fils s'apprêtait à fiche le camp en catimini. T'as vu comment t'es asticoté ? On dirait un mendiant ! Enlève-moi ça, ordonna-t-elle en déboutonnant sa chemise chiffonnée. En plus, tu l'as déjà mise hier. Elle pue la transpiration.

— Maman, soupira Barn, j'ai pas le temps. Je suis déjà en retard et…

— Et on s'en fout. Il est hors de question que mon fils me fasse honte. Je me suis assez saigné les veines pour que tu fasses des études, et je mérite pas ça. En plus, t'as pas pris ton petit déjeuner.

— J'ai pas faim.

— Tu sais quoi ? Tu vas devenir comme ces stars dans les magazines. Anorexique. Dis, tu ne te drogues pas, au moins ? fit-elle en le toisant.

— M'enfin, m'man ! T'as pas d'autres conneries à dire ?

— Me prends pas pour une imbécile hein ! Je sais très bien qu'il y a plein de drogués dans la police et que quand vous confisquez de la poudre, y en a qui disparaît dans les poches de certains. Je l'ai lu chez mon coiffeur. Et le manque d'appétit, c'est un signe.

Le martyr poussa un soupir de charrette à bras. Sa mère le gonflait. Son amant descendit les escaliers en djellaba. Manquait plus que lui ! Pendant que Barn changeait de chemise afin d'éviter un incident diplomatique, la babouche alla s'installer dans la cuisine, les pieds sous la table, en attendant que sa mousmée vienne lui servir son thé.

— Tiens, fit Georgette en fourrant une pomme dans la poche de son gamin. C'est pour ton dix-heures.

Barn avait l'impression que, depuis l'école, elle ne l'avait pas vu grandir. Déjà, à l'époque où il était marié, elle avait voulu mettre son grain de sel dans le ménage. Mais sa femme l'avait vite envoyée paître. Conclusion, ce fut la guerre entre Georgette et sa « bique de belle-fille ». Le vœu secret de la mère de Barn avait été exaucé. La peste avait quitté le navire et elle avait ainsi pu récupérer son petit trésor. Sauf qu'aujourd'hui le trésor chaussait du 45 et allait voir les putes…

Quand il put enfin se dégager des griffes maternelles, il respira un bon coup, tout heureux d'être dehors. L'avantage de cette situation est qu'il devait sans doute être un des rares à être content d'aller bosser.

En fait, il avait menti pour pouvoir se casser plus tôt. Il était en avance et décida de se rendre à pied au commissariat, en passant par les ruelles.

L'air était vif malgré l'été. Il aimait les petits matins de Pandore avec les commerces qui s'éveillent et les gens encore perdus dans les plumes d'oreiller. Il traversa le quartier de l'Empire des lumières, surnommé ainsi parce que les réverbères restaient toujours allumés, même en plein jour. Un peu plus loin, il y avait la maison des fantômes. Le maire l'avait fait construire pour eux, afin qu'ils cessent de hanter les autres lieux. Elle était vide. Mais la nuit, certains passants prétendaient y distinguer des ombres qui dansaient.

En longeant le parc jouxtant le quartier du Musée éphémère, pas loin d'où habitaient Alice et sa grandmère, Barn crut voir la silhouette massive de la mère Cousteau ! La vieille portait un paletot brun, un fichu sur la tête, et elle semblait pressée. Où allait-elle comme ça ? Il décida de la suivre discrètement. La vit s'engouffrer dans la cité des Mauves, le plus vieux quartier de Pandore, où peu de gens osent s'aventurer parce qu'il est infesté de crapauds. Impossible de faire un pas sans manquer d'en écraser un ! Ça coassait jour et nuit. C'est là que la plupart des drogués allaient se cacher.

Pas vraiment désireux de se retrouver avec ces bestioles qui risquaient de grimper dans son pantalon, Barn rebroussa chemin. Quand il arriva au commissariat, il trouva Bonnie, la secrétaire de Lynch, occupée à se vernir les ongles en vert. Depuis qu'il avait failli l'étrangler parce qu'elle avait appelé sa mère, elle lui tirait la gueule.

— C'est moche, ce vert, lui lança-t-il en poussant la porte de son bureau.

— J'espère que ça vous donnera envie de vomir votre petit déjeuner ! répliqua-t-elle sans levez le nez de son flacon de vernis.

— Pas de chance, j'ai l'estomac vide.

Et il claqua la porte.

— Hé ben, ça swingue ce matin, constata Lynch. Ce sont les cours de rumba avec Coco qui te mettent dans cet état ?

— Non, ce sont les femmes de manière générale. Je supporte plus.

— Tu vas finir par devenir pédé.

— Tu crois ?

Lynch sourit. Il imaginait mal son collègue en pantalon moulant avec la houppette Tintin et la bague au pouce...

— Du neuf ? demanda Barn.

— J'ai vu Nicki.

— Ah ? T'as rien d'autre à faire que de passer du temps avec cette punaise ?

— Elle m'a donné de précieux éclairages sur notre enquête, avoua l'inspecteur, qui se mit à lui raconter les conclusions de la profileuse. Pour elle, termina-t-il, la plus suspecte est la mère de Cousteau. On a bien fait de la mettre sous surveillance.

— Je ne sais pas qui la surveille, dit Barn avec étonnement, mais il a dû s'endormir en montant la garde, parce que je l'ai vue rôder près du quartier du Musée éphémère, où habite Alice Doms.

— Quoi ? T'es sûr ?

— Ben oui. Ou alors, c'est quelqu'un qui lui ressemble vachement, à la vieille !

Lynch bondit sur son téléphone et appela sa secrétaire.

— Essayez de joindre le flic qui surveille Paulette, la mère de Cousteau. C'est urgent.

— Quand mon vernis sera sec.

Et elle raccrocha.

— Non mais j'hallucine ! hurla Lynch en fonçant vers la porte.

Barn l'entendit s'énerver sur celle qu'il avait désormais surnommée Cruella. Il savait, du moins l'avait-il deviné, vu le changement d'attitude de la pétasse, que son chef avait couché avec elle. Depuis, il ne pouvait plus rien en faire. De dévouée, elle était passée à effrontée.

Lynch rappliqua quelques instants plus tard.

— C'est le mangeur de spéculoos qui est de faction devant la succursale du sous-marin, fit-il. Et il n'a pas relâché sa garde. Il se relaie avec un autre toutes les deux heures. À mon avis, tu as dû te tromper.

— On va quand même aller vérifier du côté de chez Alice pour voir si tout va bien. Plus prudent. Et lui conseiller de bien fermer ses portes.

Ils prirent la voiture d'un collègue, histoire de ne pas faire de tintouin dans le quartier.

La maison d'Alice paraissait toujours aussi austère malgré un faible rayon de soleil.

— Ça manque de fleurs, constata Barn.

— La pauvre, t'imagines qu'elle a le temps de planter des bégonias sur son balcon et de s'occuper de sa grand-mère ? Tu sais ce que c'est d'avoir quelqu'un d'handicapé chez soi ?

— Non et toi ?

Lynch faillit répondre que oui. Mais il s'abstint. Moins il faisait allusion à Franky, mieux ça valait. Depuis qu'il avait découvert les photos de classe de son frangin avec Alice, il ne pouvait s'empêcher d'y penser toutes les nuits avant de s'endormir. Ces images le hantaient. Le regard de Franky braqué sur Alice… Le même, d'une année à l'autre. Ça l'arrangeait bien qu'on soupçonne la vieille, mais au fond de lui, Lynch savait maintenant Franky capable du pire.

Pendant combien de temps allait-il encore réussir à protéger son frère ?

Alice les accueillit avec le sourire. Tout allait bien. Elle ne les fit pas entrer. Sa grand-mère se reposait. Elle promit de bien fermer ses portes à clef.

C'est d'ailleurs ce qu'elle fit dès qu'ils s'en allèrent.

38

Impossible de dormir. Nicki tournait en rond dans sa chambre. Elle n'arrivait même plus à se concentrer sur quoi que ce soit. L'image d'Alice supplantait toutes les autres et s'imposait à elle comme l'ombre de son ombre. Et *Ne me quitte pas*, cette chanson de Brel que d'aucuns prétendaient ne pas être un hymne à l'amour mais à la soumission et à la déchéance, lui apparut d'une terrible vérité et d'une beauté angoissante. Car qu'est-ce qu'un amour sans souffrances ?

Elle qui s'était toujours acharnée à se protéger des douleurs du monde, souffrait atrocement du manque d'elle. De cet amour écorché vif. Et son orgueil s'était évanoui. Transformé en désir de se donner jusqu'à la petite mort. Sans plus aucune pudeur. Elle avait passé des nuits à mordre dans son oreiller comme dans de vieux rêves. Pour les entendre crier. Des nuits à caresser ses draps en pensant à la peau d'Alice. À redessiner en songe mille et une fois son sourire d'enfant. À l'imaginer en train de prendre le thé chez les fous. Avec elle sous la table.

Elle quitta sa chambre et enfila une veste. Dans le panier, les ours en peluche semblaient abandonnés.

Au moment où elle s'apprêtait à sortir, le téléphone sonna. Le cœur de Nicki se mit à battre plus fort. Et pendant une seconde, elle imagina entendre la voix d'Alice qui l'appelait pour lui dire : « J'ai besoin de toi. Viens te glisser dans ma vie. »

Elle ne décrocha pas tout de suite. Savoura encore un peu cet instant au bord de ses fantasmes.

— Allô ? Nicki, c'est Rémy, le roi de la découpe !

Putain, le légiste ! Pourquoi il l'appelait à cette heure-ci ?

— Oui ? articula-t-elle, qu'est-ce qu'il y a ?

— Tu dormais ?

— Non. Fais-la courte, je dois partir.

— Tu vas au bal ?

Nicki soupira. Envie de raccrocher. Rémy, qui sentait le macchabée avec ses gants en caoutchouc et ses blagues à deux balles. Rémy, qui lisait l'avenir dans les boyaux des cadavres en putréfaction…

— Bon. J'abrège puisque t'es à la bourre. Est-ce que par hasard tu n'aurais pas vu une main se balader du côté de chez toi ?

Nicki déglutit. Ou elle faisait l'imbécile, ou elle lui disait la vérité. Il était lourdaud, mais pas con.

— Si, avoua-t-elle. Elle est venue frapper à ma porte et je lui ai ouvert.

— D'accord… Et vous avez pris le café ensemble.

— Non, elle préfère le jus de pomme, et moi aussi.

— Nicki, je suis un mec cool, mais j'aime pas qu'on se foute de ma gueule, et encore moins qu'on profite de mes moments de faiblesse pour piquer mes petites affaires.

— Écoute, je suis désolée, Rémy.

— Tu aurais pu me demander !

— Et tu aurais accepté ?

— Non.

— Ben tu vois !

— Tu sais ce qui pourrait se passer pour toi si je racontais ça à tes camarades de la basse-cour ?

— Je l'ai juste empruntée parce que je fonctionne comme ça. J'avais besoin de cette main pour me concentrer. Y a que de cette façon que je vois des images.

— Et t'as vu quoi ? Batman qui sautait du toit de ton immeuble, c'est ça ?

— Non. J'ai vu quelque chose de trouble. Comme si cette main n'était pas celle d'un des morts. Ni celle de Luc Doms, ni celle du voisin.

— Comment peux-tu affirmer ça ? éructa le légiste. C'est idiot. L'ADN a prouvé que cette main appartenait bien au reste du corps retrouvé dans les décombres. En plus, si je ne m'abuse, la veuve a reconnu l'alliance au doigt de son mari.

— Oui… Effectivement.

— Ou alors elle ment !

— Non ! s'écria Nicki. D'ailleurs, pourquoi mentirait-elle ?

— Justement, je te le demande. Tu sais quoi ?

— Non.

— Tu devrais prendre des vacances. T'en as bien besoin.

— Tu as raison, approuva Nicki. Je vais m'occuper des billets.

— T'as pas une place pour moi ?

— Non. Je pars dans un monastère.

— Cool ! Mais avant ça, tu me rapportes mon petit grigri…

— Je te l'enverrai par la poste, asséna Nicki en lui raccrochant au nez.

Elle ferma sa porte. Sur le perron, elle entendit de nouveau sonner le téléphone. Ça devait être ce casse-pieds de Rémy qui en redemandait.

Il faisait nuit. Nicki s'engouffra dans sa voiture. Quand elle avait du mal à s'endormir, son père l'emmenait faire un tour dans son auto rouge. Et il chantait toujours : *My Funny Valentine*. C'est un des rares souvenirs qu'elle gardait de lui.

39

Les marches de l'escalier craquaient. Lynch essayait toujours de faire le moins de bruit possible quand il rentrait tard. Mais il habitait dans un de ces anciens immeubles dont on peut encore entendre battre le cœur. Pour ça qu'il aimait les vieilles pierres. On ne s'y sentait jamais seul. L'inspecteur aurait été incapable de vivre dans une tour en béton.

— Hé là, monsieur le commissaire !

La concierge, qu'il surnommait Chiquita à cause de sa ressemblance avec les bananes puisqu'elle s'habillait toujours en jaune, surgit de sa loge tel un coucou hors de son horloge. D'ailleurs, elle avait une tête de piaf déplumé avec ses quelques cheveux gris qui lui retombaient sur le front. Il avait beau lui dire qu'il était inspecteur, ça faisait des plombes qu'elle s'acharnait à l'appeler commissaire. Sans doute à cause de Maigret qu'elle regardait à la télé et dont elle lui parlait souvent, pensant qu'il le croisait au boulot !

— Y a vot' frère qui est passé.

— Quoi ? s'étrangla Lynch. Et où est-il ?

— Ben, je suppose qu'il vous attend chez vous.

Vous m'aviez dit que si vot' frère venait, je pouvais lui ouvrir. Moi, j'ai obéi à vos ordres.

— Euh… Oui, oui, fit-il en grimpant les marches quatre à quatre, vous avez bien fait !

— Dites, c'est bien un grand avec des longs cheveux hein ?

La dernière fois qu'il avait vu Franky, il avait les cheveux courts. Mais Lynch supposait que, depuis, il avait eu d'autres préoccupations que d'aller chez le coiffeur.

« Il n'est pas comme les autres mais c'est ton frère, ne l'oublie jamais ! » lui avait confié sa mère sur son lit de mort. Elle s'était éteinte en prononçant ces derniers mots : « Quoi qu'il arrive, tu dois veiller sur lui. »

Et il lui avait promis. *Quoi qu'il arrive…*

Lynch sentait battre les veines de ses tempes. Ses mains étaient moites. Il était à la fois content de revoir son frère et il avait peur. Peur de ses réactions. Sous le sourire du petit garçon qui construisait des igloos avec des pots de yaourt sommeillait un monstre. Et il avait vu de quoi il était capable… Une vidéo à l'asile avait tout enregistré.

Il était allé vomir après.

40

Jamais Nicki n'aurait imaginé pouvoir agir comme elle le faisait. Rester pendant des heures devant la fenêtre d'Alice, à la tombée de la nuit, au volant de sa voiture garée en face, tous feux éteints. Uniquement pour voir passer son ombre derrière les rideaux. Nicki la dure, avec son cœur moulé dans l'acier, craquait pire qu'une ado devant cette fille au sourire d'enfant. Aurait-elle éprouvé pareils sentiments si Alice ne lui avait fait penser à son amour perdu ? De toute façon, les réponses ne lui auraient été d'aucun secours. C'était trop tard. Elle était mordue jusqu'aux tripes. Elle ressentait cette boule dans la gorge qui nous empêche de respirer quand l'amour nous étrangle. Ce manque de l'autre, devenu vital comme un manque d'air. Et cette obsession d'elle qui, plus une minute, ne la laissait tranquille. Nicki ne vivait que pour ces instants où elle pouvait être avec Alice, juste pour rêver d'elle.

Certes, elle la connaissait à peine et son amour était surtout nourri de ses fantasmes. Mais ça lui suffisait. Elle savait qu'elle ne serait pas déçue.

Alice ne devait pas être une couche-tôt. Nicki la sentait un peu nerveuse. Elle la voyait tourner en rond.

La pièce qu'elle supposa être le living était au rez-de-chaussée et donnait sur le devant de la maison. En face, un jardinet rempli d'herbes et de ronces.

Soudain, Nicki aperçut une forme noire et massive longer le perron. La vision fut si furtive qu'elle se demanda si elle n'avait pas rêvé. Un bris de verre… L'ombre venait de casser la fenêtre. Elle se glissa à l'intérieur comme un serpent rempli de venin.

Alice hurla.

Nicki saisit la manivelle du cric qu'elle gardait toujours sous son siège et bondit hors de sa voiture.

Puis, ce fut le silence. Pareil à celui qui nous accompagne au royaume des morts…

41

La porte n'était pas fermée à clef. Lynch était sûr de trouver son frère devant la télé. Pourtant, il n'y avait pas de bruit et la lumière n'était pas allumée. C'était bien son style, à Franky, d'attendre dans le noir, « pour faire une surprise » comme il disait. Mais quand Lynch alluma, il trouva le fauteuil vide. Sa petite chienne, qui d'habitude se précipitait vers lui dès qu'il franchissait le seuil du salon, ne se manifesta pas. Où était-elle ? Il l'appela. Alla voir dans la cuisine, puis dans sa chambre. Peut-être s'était-elle endormie sur le lit avec Franky ?

Le lit était vide. C'est alors qu'il remarqua le tiroir mal refermé de la commode. Il l'ouvrit et ne constata rien d'anormal. Bizarre… Il appela encore sa chienne. Pensa qu'elle avait probablement eu peur de cette intrusion et s'était réfugiée sous le buffet du salon, comme ça lui arrivait parfois quand elle entendait quelqu'un grimper les marches de l'escalier. Il s'apprêtait à aller la débusquer quand il se ravisa, soudain mû par une intuition soudaine. Il se hissa sur la pointe des pieds et tendit le bras pour attraper sa boîte à chaussures remplie de photos, qu'il avait cachée au-dessus de son armoire. Elle était toujours là. Il l'ouvrit. Les photos de classe de Franky et Alice avaient disparu.

Lynch rangea la boîte et se dirigea vers le salon.

— Tequila, sors de ta cachette mon bébé, c'est moi !

Il s'agenouilla et regarda sous le buffet. Personne. Retourna dans sa chambre et jeta un coup d'œil sous son lit. Rien. Après avoir fait le tour de l'appartement et examiné tous les endroits où la chienne avait pu se réfugier, il dévala les escaliers et alla frapper chez la concierge. Non, elle n'avait pas vu ressortir son frère. Ni le chien. D'ailleurs, elle l'aurait entendu parce que ça aboie, ces rosses-là !

Lynch remonta chez lui le cœur lourd. Il s'assit dans le fauteuil de son grand-père, devenu celui de sa petite chienne. Chaque fois qu'il se sentait mal ou triste, c'est là qu'il trouvait un peu de réconfort. Comme s'il était dans les bras de son vieux. Pour la première fois depuis longtemps, quelques larmes coulèrent le long de ses joues. Franky n'était pas venu pour le voir. Peut-être avait-il eu peur que son frère ne le dénonce à la police…

Mais ce qui le peinait le plus dans tout ça, c'était de ne pas avoir retrouvé sa petite boule de poils. Celle avec qui il partageait cette heure du soir où on marche à l'envers ; où on pose le fardeau du jour dans un verre… Et dire qu'au début il avait tenté de la fourguer à ses camarades. Il s'en voulait. Franky avait dû l'emmener avec lui. Pourquoi ? Pas par amour des bêtes. Lynch frissonna au souvenir de ce qu'il avait vu sur la vidéo de l'asile. Franky, le gentil petit frère aux yeux perdus, avait proposé à une visiteuse de garder son chien. Et il l'avait littéralement dévoré !

Pétrifiée, Alice regardait la mort en face. Soudain, Nicki surgit derrière le vautour et lui asséna un sacré coup sur la tête. L'ombre s'écroula sur le sol. Du sang sortait de sa bouche.

Non, c'était impossible… Pas lui ! Il était déjà mort. Déchiqueté dans l'explosion de la villa ! Nicki extirpa son portable de sa poche et appela une ambulance.

— J'comprends pas, murmura-t-elle.

— C'est simple, expliqua Alice. C'est Luc qui a mis l'explosif dans le but de me tuer. Raté ! C'est le voisin qui a tout pris. Et là, il est venu pour achever son sale boulot.

— Pourquoi voulait-il te… vous tuer ?

— Parce que j'ai perdu son enfant, soupira la jeune femme. J'étais enceinte de deux mois quand j'ai fait une fausse couche. Il ne me l'a jamais pardonné.

— Il est fou !

— Oui. Malheureusement, je ne m'en suis pas rendu compte tout de suite. Il avait du charme, du bagou… Quand j'ai été enceinte, il a complètement changé d'attitude, comme si ça avait déclenché quelque chose de profondément enfoui en lui. Une blessure douloureuse. Il n'a jamais voulu m'en parler.

Nicki dut se faire violence pour ne pas serrer Alice dans ses bras. Mais elle avait presque peur de la toucher. Elle paraissait tellement vulnérable, et en même temps elle dégageait une force inhabituelle chez une femme. Tout en elle n'était que paradoxes. C'est ce qui attirait Nicki. Elle n'avait jamais aimé les gens limpides. S'ennuyait vite avec eux. Les poupées russes l'attiraient davantage.

— Faut appeler la police, dit-elle.

— Vous êtes sûre ?

— Ne vous inquiétez pas, je ne risque rien. Légitime défense.

— Elle composa le numéro de Lynch, qui décrocha de suite.

— Allô, inspecteur, c'est Nicki Sliver. Je viens de tuer un mort. Enfin, pour être précise, je crois qu'il n'en a plus pour longtemps. Mais il était déjà mort avant.

Lynch lui demanda si elle avait bu. Elle lui assura qu'elle était parfaitement à jeun et qu'il n'avait qu'à venir vérifier ses dires chez Alice Doms. Elle lui signala qu'elle avait déjà appelé l'ambulance et qu'il devait se dépêcher s'il voulait arriver en même temps et voir le corps.

Alice fixait son mari comme on regarde un sac vide.

— Viens t'asseoir, lui proposa Nicki.

Elle avait décidé de la tutoyer. De prendre soin d'elle. Mais la jeune femme était ailleurs. Quelque part dans son monde qui ne devait pas être le pays des merveilles…

Les sirènes de l'ambulance hurlaient dans la nuit.

Lynch arriva peu après. Les infirmiers embarquèrent le corps de Luc Doms. Il saignait beaucoup et avait perdu connaissance.

— Pas de sa faute, dit Alice en montrant Nicki. Elle a fait ça pour me sauver. Ce salaud voulait me tuer. Et s'il s'en sort, ne croyez rien de ce qu'il pourra raconter. C'est un malade. Il a passé sa vie à mentir et à berner tout le monde. Je suis fatiguée…

— Je vais vous laisser, assura l'inspecteur. Je vous verrai plus tard.

— Si ça ne vous dérange pas, je préférerais venir au commissariat. Je ne voudrais pas que ma grand-mère s'inquiète avec tout ça.

— Je comprends. Pas de problème !

— Y a quelque chose que je ne saisis pas bien, fit Lynch avant de s'en aller. Luc a toujours ses deux mains… Alors, à qui appartient celle que vous avez trouvée, Nicki ? Certainement pas au voisin, puisqu'elle a été coupée avant l'explosion !

— Je ne sais pas, avoua la profileuse. En tout cas, Luc avait glissé son alliance à l'annulaire pour faire croire à Alice que c'était sa main et qu'il était bien mort.

— C'est bien son genre, murmura Alice. Tout dans le mensonge…

— Alors, conclut l'inspecteur, c'est qu'il y a eu un troisième mort dans la maison. Mais qui ? Je vais demander une analyse plus approfondie de la main au labo.

Nicki toussa. Fallait qu'elle se grouille de ramener son larcin à l'institut médico-légal. De toute façon, ça prenait de la place dans son freezer.

Lynch la regarda.

— On y va ?

— Allez-y, moi, je vais faire un café à Alice.

— Non, c'est pas la peine, fit la jeune femme. Je vais me coucher. Je suis épuisée.

Nicki était déçue. Elle aurait aimé rester encore un peu près d'elle. Mais elle comprenait son besoin d'être seule.

Au moment où elle allait franchir le seuil de la maison, Nicki remarqua la poupée qu'elle avait déposée sur le pas de sa porte. Elle était perchée sur une étagère, au-dessus d'une armoire dans le couloir. En s'approchant du petit visage en porcelaine, la jeune femme frissonna. La poupée n'avait plus d'yeux.

43

Barn trouva sa mère effondrée, en train de chialer sur la table de la cuisine. Il craignait le pire ! Si la babouche l'avait larguée, il l'aurait sur les bras *ad vitam*. Parce que trouver un amant à son âge et avec son foutu caractère relevait d'une bénédiction divine !

— Qu'est-ce qui se passe, m'man ? fit-il en s'asseyant en face d'elle.

Elle releva la tête, le regarda et se remit à sangloter de plus belle. Son Rimmel formait des traces noires sur ses joues, et avec son rouge à lèvres mal plaqué, elle ressemblait un peu au Joker de *Batman*.

— Calme-toi ! C'est si grave que ça ?

— Ouiiii !

— Bah, t'inquiète pas. Tu en retrouveras un autre ! D'ailleurs, je vais t'avouer franchement que ce vieux schnock ne me plaisait pas vraiment. Il te prenait pour sa bonne et…

— Mais c'est pas ça du tout ! T'as rien compris, articula-t-elle entre deux sanglots. Marcel a acheté une caravane et il veut qu'on aille habiter là-dedans au bord de la mer.

— C'est sûr que vivre dans une caravane, c'est pas terrible, mais tu auras la mer et tu respireras l'iode.

— Mais je m'en fous de vivre dans une caravane, moi. Et que ce soit au bord de la mer ou d'une auto-route, ça m'est égal.

— J'comprends pas, avoua Barn.

— Tu comprends pas ? Qui va s'occuper de toi si je m'en vais, hein ?

— Oh, c'est pour ça que tu pleures ?

— À ton avis ? J'ai un cœur de mère, moi…

— T'inquiète pas pour moi. Je sais très bien me débrouiller tout seul, assura Barn qui jubilait intérieurement à l'idée de se retrouver enfin peinard avec son fêlé de chat.

— Ouais… On a vu le résultat ! Un vrai clodo ! En plus, tu te gaves de hamburgers. Moi, je vais dire à Marcel qu'il aille tout seul contempler les vagues. Je reste ici avec mon gamin.

— Ah non ! s'écria Barn. Je ne veux pas que tu gâches ta vie pour moi. *Hypocrite*, pensa-t-il. À ton âge, tu ne retrouveras plus personne.

— QUOI ?! Tu insinues que je suis moche ? s'énerva Georgette.

— C'est pas ça que j'ai dit. Mais faut être réaliste, m'man. Les hommes préfèrent les petites jeunes. Tu as beaucoup de chance d'être tombée sur un type aussi bien que Marcel.

— Faut savoir hein ! Tantôt, tu disais que c'était un vieux schnock.

— Façon de parler. Mais je reconnais qu'il a beaucoup d'allure dans sa djellaba.

Quel lèche-cul je fais.

— C'est vrai, ça !

— Profite de la vie, éclate-toi !

— Si seulement tu avais une fiancée, une petite femme d'intérieur qui pourrait au moins recoudre tes boutons et veiller sur toi, je partirais plus tranquille.

— Et bien justement, j'en ai une ! lâcha-t-il sans réfléchir.

Question de survie...

Georgette arbora un sourire radieux. Son vœu était exaucé. Merci, sainte Rita, patronne des causes désespérées.

— Et tu me la présentes quand cette perle ?

— Euh... demain soir.

Coincé, imbécile !

Le lendemain, Nicki se pointait chez Alice sous pré-texte de voir si elle allait bien. La jeune femme la reçut sur le pas de sa porte.

— C'est gentil à vous de vous soucier de moi, fit-elle.

— Normal.

— Je ne vous fais pas entrer parce que ma grand-mère se repose.

— Je peux vous inviter à prendre un verre quelque part ?

Alice hésita.

— Ça vous changera les idées, insista Nicki qui, soudain, n'arrivait plus à la tutoyer comme elle l'avait fait la veille.

— D'accord. Je prends mon sac et je vous rejoins dans votre voiture.

Nicki était aux anges. C'était la première fois qu'elle allait vraiment passer un moment avec la femme de ses rêves. Fallait qu'elle soit à la hauteur. Son cœur battait la chamade. Elle qui s'habillait plutôt avec ce qui lui tombait sous la main avait mis du temps à choisir sa tenue. Look décontracté mais original, un brin sexy.

T'es folle ma pauvre fille, pensa-t-elle, *et si c'était une hétéro pure et dure ?* Nicki se raisonna et partit du principe qu'on ne peut pas savoir tant qu'on n'a pas essayé. Que si on a déjà vécu cette expérience, et bien on peut la revivre plusieurs fois. N'empêche, c'était pas dans la poche ! Quand elle vit Alice s'approcher de sa voiture, elle sentit de nouveau cette boule dans la gorge. Elle était belle, certes, mais surtout elle avait de la grâce. Une façon de marcher, de sourire…

Pourquoi avait-elle enlevé les yeux de la poupée ? À moins qu'ils ne soient tombés tout seuls…

Nicki emmena Alice au Château des Pyrénées, un petit bistrot particulier, perché sur un rocher. À l'intérieur, plein de faux miroirs reflétaient d'étranges visages, apparaissant comme des hologrammes quand on se mettait en face. Des niches creusées dans les murs abritaient des squelettes d'oiseaux. Et les plantes qui ornaient la salle sombre éclairée par des bougies étaient garnies de grelots. Un lieu insolite, à l'image du mystère qui planait sur les œuvres de Magritte, dont l'âme hantait la ville de Pandore. Une de ses phrases trônait au-dessus du bar : « Le mot Dieu n'a pas de sens pour moi, mais je le restitue au mystère, pas au néant. »

Nicki demanda à Alice si elle était croyante. Sa réponse fut catégorique.

— Non. Je ne crois en rien, ni en personne.

Elles burent quelques verres. Se dirent d'abord des choses banales. Puis Nicki tenta d'approcher son âme. Alice se protégeait. Elle la sentait méfiante. Aussi fut-elle très surprise quand la jeune femme accepta sa proposition de partir en vacances avec elle. Il lui fallait juste le temps de prendre ses dispositions pour placer sa grand-mère dans un hôpital où on s'occuperait bien d'elle pendant quinze jours. Nicki allait se charger des billets.

— Où veux-tu aller ?

— En Thaïlande, répondit Alice.

— Très bien, ça me va !

Nicki avait envie de sauter de joie, comme une gamine. Il y avait longtemps qu'elle n'avait pas ressenti un tel bonheur. Et qu'importe si Alice s'abandonnait à elle ou pas. La regarder sourire lui suffisait.

— Au fait, il faut que je te dise… La poupée que tu as trouvée un jour sur le pas de ta porte, c'est moi qui l'ai apportée.

Alice se retourna lentement vers elle.

— J'ai horreur des poupées.

— Je suis désolée, balbutia Nicki.

— Pas grave. Elle n'a plus d'yeux.

45

Même s'il en avait l'habitude, Lynch détestait toujours autant les hôpitaux. Malheureusement, son métier l'avait amené à y aller souvent. L'odeur de la mort. Des rêves pendus. De la peau déchirée. Barn, lui, n'avait pas l'air de s'en faire avec ça. Il avançait comme s'il allait chez l'épicier. Pourtant, l'inspecteur le sentait tracassé. Mais par autre chose…

— Allez, dis-moi ce qui se passe, fit-il en lui tapant sur l'épaule.

— J'suis dans le pétrin. Ma mère se casse avec sa babouche dans une caravane au bord de la mer.

— Génial ! C'est ce que tu voulais, non ?

— Oui, mais elle ne partira qu'à une condition : que j'aie une fiancée pour s'occuper de moi, tu vois le genre ?

— Ah oui, c'est pas gagné !

Ils grimpèrent les marches de l'hôpital. Croisèrent une petite infirmière qui tortillait du croupion.

— Voilà ce qu'il te faut pour rassurer maman, plaisanta Lynch. En plus, elle pourra te faire des piqûres quand tu seras malade.

— Mon cousin Valdor, qui s'est marié sept fois, m'a toujours dit : « Jamais une institutrice, ni une infirmière. »

— Hé, j'ai une idée ! s'exclama l'inspecteur. Et si tu demandais à Coco ?

— Ça va pas, non ? Présenter une pute à ma mère ? Elle risque de lui filer un coup de boule en plus.

— Rien ne t'oblige à raconter qu'elle œuvre pour la police, mon vieux. On est suffisamment potes avec elle pour qu'elle te rende un petit service. Tu lui files un peu de pognon pour aller s'acheter des fringues chicos, genre employée de bureau avec tailleur et collier de perles, puis tu l'invites à manger chez toi avec maman et son gugusse, et hop, l'affaire est dans le sac.

— Hé, elle est pas con ton idée ! reconnut Barn.

— Pourquoi tu crois que je suis devenu inspecteur en chef, hein ?

La chambre de Luc Doms était gardée par un flic de service. Un grand dadais à l'air pas très futé qui se la jouait pire qu'un garde au château de Buckingham.

— Défense d'entrer ! beugla-t-il à l'arrivée des deux comparses.

Lynch sourit et lui présenta sa carte. La nouille l'examina et obtempéra.

— Allez-y, chef ! Et le p'tit avec vous, c'est qui ?

— Mon collègue.

— J'suis pas petit, grogna Barn une fois dans la chambre. Quel trou du cul, çui-là !

Lynch se serait marré dans d'autres circonstances, mais la vue de Luc Doms étendu sur son lit avec une perfusion et un tube qui lui sortait de la gorge lui remua les tripes. La mort rendait les assassins à leur humanité. Du moins à ses yeux.

Avant qu'ils se soient approchés du lit, une infirmière surgit dans la chambre.

— Qui vous a laissés entrer ? gronda-t-elle.

— On est flics et…

— Je m'en fiche. Cet homme a besoin de se reposer.

— Juste cinq minutes, demanda l'inspecteur.

Elle remplaça le sachet contenant du glucose et vérifia la tension de son patient. Il aurait pu tuer une armée d'innocents, elle le soignait de la même façon que s'il avait été un héros. Et c'est depuis toujours ce qui épatait Lynch. Pour lui, les médecins et les infirmières étaient des anges. Sans doute pour ça qu'ils étaient vêtus de blanc.

— Cinq minutes, pas plus, décréta l'infirmière.

— Merci !

Luc avait les yeux entrouverts. L'inspecteur lui toucha doucement le bras et lui dit bonjour. Il s'efforça de ne pas penser à ce qu'il avait pu faire et de ne voir qu'un homme qui souffre.

— Vous pouvez me raconter ce qui s'est passé ?

— Je… J'étais dans la cuisine quand quelqu'un a sonné. Un ouvrier en salopette. Il a dit qu'il venait réparer la conduite de gaz dans la cave parce qu'il y avait eu des travaux dans la rue. Me suis pas méfié. Je l'ai laissé entrer et j'ai continué à préparer le repas. Soudain, dans le reflet de la lame du couteau avec lequel je coupais le jambon, j'ai aperçu le gars derrière moi. Je me suis retourné et j'ai vu son flingue. J'ai sauté sur le type et je l'ai poussé par terre en lui mettant la lame sous la gorge. C'est lui qui a posé la bombe et…

— Il vous a dit qui l'avait envoyé ?

— Oui…

Il poussa un petit cri. Ses yeux se refermèrent et il perdit connaissance.

— Lequel je mets ? demanda Coco en montrant ses deux foulards à Barn.

— Le bleu. Le rouge est trop tape-à-l'œil.

— Bon, fit-elle à regret.

Elle l'enfila autour de son cou sans le fermer, laissant entrevoir les perles de son collier.

— Ça te va comme ça ? Je fais assez pétasse proutprout de bonne famille catho ?

— Ça plaira à ma mère, assura Barn.

— J'enfile mes chaussures et je te rejoins à la voiture. T'as pensé à m'acheter un bouquet de fleurs pour que j'arrive pas les mains vides ?

— Elle s'en fiche, des fleurs. Elle n'a jamais aimé ça. Chaque fois que mon père lui en offrait, elle les fourrait dans un vase et oubliait de le remplir d'eau.

— Oui, mais c'étaient celles de ton père. Moi, c'est différent, en tant que future belle-fille, je…

— Rêve pas, Coco !

— T'as raison. Les mariages, c'est que dans les contes de fées. Pas fait pour les putes.

— Toute façon, ça finit toujours en eau de boudin, conclut Barn en quittant la chambre.

Plutôt que des fleurs, il avait acheté une belle boîte de thé à la menthe. Ça cadrait mieux avec « son Marocain du port d'Anvers », comme disait sa grand-mère belge.

Armée de son sac, Coco fonça dans la voiture. Elle avait l'air d'avoir une patate d'enfer.

— Go ! fit-elle en attachant sa ceinture.

Barn démarra. Il était moins enthousiaste, craignant que sa mère pose trop de questions, surtout si Coco picolait.

— Interdiction de boire, hein, lui ordonna-t-il.

— Tu rigoles ? Ce ne serait pas faire honneur et…

— Un tout petit verre pour la forme. Rien de plus, ou je te fous des coups de pied sous la table.

— Ah non ! Tu vas abîmer mes nouvelles pompes.

— On dit chaussures.

Inconsciemment, il regarda les pieds de sa passagère et faillit voler dans le décor ! Il freina brusquement, redressant le volant afin d'éviter une embardée.

— Tu ne vas pas aller chez ma mère avec ça ! s'écria-t-il en regardant les godasses en imitation léopard, avec des talons hauts comme des pieds de lavabo.

— Pourquoi ? Elles sont ravissantes ces chaussures, articula Coco. D'ailleurs, elles t'ont coûté la peau du cul. Quand tu verras la note, tu seras pas déçu.

— Tu l'as fait exprès, c'est ça ? hurla Barn.

— J'comprends pas. T'as aucun goût, mon pauv' vieux. Normal que tu sois obligé d'aller voir les putes. Qui voudrait de toi ? T'as vu comment t'es nippé ? Tes fringues, j'en voudrais pas pour faire reluire ma planche de cabinet.

— Ta gueule.

— Tu sais que ta mère t'a mal élevé ?

Et voilà ! Une scène de ménage avec la « merveilleuse fiancée ». Barn redémarra, le visage renfrogné. De toute façon, il n'avait plus le choix. Fallait y aller. Et il était trop tard pour acheter de nouvelles chaussures. Les magasins étaient fermés.

Ils arrivèrent devant la maison de Barn sans s'être dit un mot de plus. Le grand silence. Celui qui se résout parfois dans les draps, croupit souvent sous le matelas.

Georgette était pimpante et la babouche avait parfumé sa djellaba pire qu'un bosquet d'aubépines. Midnight, comme à son habitude, s'était planqué dans la chambre où il s'amusait à faire ses griffes sur le couvre-lit en satin, avec la bénédiction de son maître qui l'avait toujours trouvé moche. C'est sa femme qui avait choisi cette affreuse parure.

La mère était ravie. Enfin, son bambin avait trouvé de quoi économiser l'achat d'une machine à laver la vaisselle. Elle était contente avec son thé à la menthe dont elle vanta les vertus rajeunissantes. Quand elle remarqua les chaussures de son invitée, Barn la vit changer de couleur. Il crut qu'il allait faire un malaise. C'était foutu !

— Ohhh ! s'exclama-t-elle, quels magnifiques escarpins !

Coco toisa l'ignare de service qui s'y connaissait autant dans la mode qu'elle en trigonométrie.

— Oui, n'est-ce pas ? pérora-t-elle. Madonna a les mêmes.

— Madonna ! s'écria Georgette, admirative.

Barn respira. Il avait oublié le mauvais goût de sa mère. Pendant le repas – un couscous royal pour la circonstance –, elle ne cessa de faire l'article de son « gamin », depuis ses premiers gazouillis en barboteuse

207

jusqu'à ce jour où le petit génie avait obtenu son diplôme dans la police, avec grande distinction. D'ailleurs, elle ne comprenait pas comment sa belle-fille avait pu quitter un trésor pareil, et c'est sûr qu'elle n'allait jamais en retrouver un aussi bien que lui, cette salope. Tout alla pour le mieux jusqu'au moment du dessert où Coco, ayant pas mal picolé malgré les coups de pied sous la table, oublia un instant pourquoi elle était là.

— Et vous faites quoi dans la vie ? demanda Georgette.

— Je tap…

Elle s'étrangla à temps et observa Barn, paniquée.

— Elle tape à la machine, termina-t-il.

— Oh ! Une secrétaire ! Et ça n'abîme pas les ongles, ça ? demanda la mère en regardant les faux ongles de son invitée.

— Question d'habitude.

Après le dessert, la babouche servit le thé. Le soupirant de Georgette était visiblement désireux de leur en flanquer plein la vue avec ses effets de manche et son art de verser l'eau chaude en cascade. Il leur parla de ses projets d'aménagement de caravane en mosquée, avec tapis par terre et narguilé. Complètement pétée, Coco souriait béatement. Au moins, à ce stade, elle se taisait ! Sauf qu'avec l'alcool et la chaleur, elle commença à se dévêtir.

À minuit, Barn raccompagna « sa fiancée » chez elle avant qu'elle ne se transforme en strip-teaseuse, art dans lequel elle excellait plus que dans celui de ménagère.

— Tu sais, elle est très sympa ta mère.

— Mmm… Mais encombrante.

— Moi, ça me dirait de l'avoir comme belle-mère.

— Oublie. Je ne vais quand même pas épouser la maîtresse de mon chef !

— Ça ne changerait rien. Je serais ta femme et je le garderais comme amant. Au moins, tu saurais avec qui je couche. Et moi, plus tard, ça me ferait une pension de veuve de la police.

Barn la regarda en se demandant si elle plaisantait. N'avait pas l'air…

Arrivé devant son hôtel, il stoppa la voiture, ne sachant s'il allait lui proposer de monter pour tirer un coup ou si, vu son état, il valait mieux en rester là pour ce soir et aller s'en jeter un petit dernier au Blue Moon. Avec un peu de chance, il rencontrerait Lynch, occupé à noyer son chagrin. Depuis que son chien avait disparu, il n'était plus le même. Souvent, il décelait un voile de tristesse dans son regard.

Coco ne lui laissa pas le temps de proposer quoi que ce soit et après lui avoir donné un furtif baiser sur la joue, elle sortit en claquant la portière.

Au moment où il démarra, il vit qu'elle lui avait laissé ses chaussures.

47

Quand Lynch s'était pointé au Blue Moon, il avait été étonné d'y trouver Nicki assise au comptoir. Pas l'habitude de la voir là, sauf lorsqu'il lui donnait rendez-vous. La profileuse n'était pas du genre à fréquenter les bars...

— Tiens, tiens, on dirait que l'endroit te plaît !

— Je savais que tu allais venir. T'es là tous les soirs, y paraît.

— Qui t'a dit ça ?

— Des bruits de couloir...

— Faut pas écouter les mauvaises langues, conseilla l'inspecteur.

— La preuve que si. En fait, je voulais te voir.

— C'est gentil, ça !

— Juste pour te prévenir que je pars en vacances. Pour pas que tu penses que j'ai disparu, au cas où tu tenterais de me joindre.

— Tu pars en vacances ? Je croyais que tu détestais ça.

— Ben tu vois, on peut changer d'avis.

Lynch était inquiet. Pas son genre à la demoiselle. Et elle était tout sauf une girouette. Qu'est-ce qui avait bien pu la décider à prendre des vacances alors qu'elle clamait tout le temps que c'était un truc de cons pour les gens qui s'ennuient. À moins que…

— Ne me dis pas que t'es amoureuse ?

— Ben…

— Non ! Pas possible ! s'étrangla Lynch. Pas toi !

— Hé si !

— Il est comment ?

Fallait lui dire quoi ? Qu'*il* avait de longs cheveux blonds et portait une petite robe ?

— Il me ressemble ?

— Pas vraiment, dit Nicki en réprimant un fou rire.

— Et tu pars où ?

— Quelque part où on fête les fleurs, là où elles sont sacrées.

— Tu parles des fleurs de Krachiaw ?

— Waouh ! Je vois que monsieur s'y connaît ! On a voyagé ?

— Non, j'ai jamais quitté Pandore, avoua Lynch. Mais je regarde les documentaires à la télé et j'adore les fleurs. Celles-là sont une variété proche des orchidées, d'un rose sublime ! Alors tu pars en Thaïlande, c'est ça ?

Nicki se contenta de sourire. Il n'avait pas besoin d'en savoir plus. Elle vida son verre et lui donna un baiser sur la joue avant de s'en aller.

Lynch n'en revenait pas. C'est la première fois depuis qu'ils se connaissaient qu'elle lui avait manifesté un peu d'affection. Il l'avait toujours comparée à ces plantes carnivores qui se rétractent dès qu'on les touche.

Décidément, il connaissait mal les femmes. Surtout celle-là.

48

— Alors, ça s'est bien passé hier soir ? demanda Lynch sur le trajet les menant à l'hôpital.

— J'ai frôlé la catastrophe quand Coco a manqué de dire qu'elle tapinait, sinon, oui, pas mal, fit Barn.

Lynch sourit.

— J'ai pensé que j'allais te voir au Blue Moon.

— J'ai failli y aller. Mais avec Coco, on a eu d'autres envies, mentit-il.

C'était puéril de sa part. Il avait parfois des travers d'ado qui remontaient à la surface. Lynch ne voulait pas lui dire qu'il avait vu Nicki. Et ses confidences étaient leur petit jardin secret.

— Depuis que ma chienne n'est plus là, je vais au bar tous les soirs.

— Je sais. Ta pétasse de secrétaire a un copain qui bosse là-bas et elle raconte à tout le bureau que tu te bourres la gueule.

— Quelle salope ! Je peux pas rester chez moi. C'est trop triste. Je vois tout le temps ma p'tite boule de poils dans le fauteuil.

— Tu devrais t'acheter un autre clébard, conseilla Barn.

— Tu rigoles ? Jamais je ne retrouverai une chienne qui sourit. Elle est unique.

— Certes…

— Et puis, on picole ensemble. Pour ça que je l'ai rebaptisée Tequila. Elle en avale une, et hop ! elle se marre.

— Ah oui. J'comprends mieux…

Il est vraiment piqué de la couenne, lui ! Barn en avait entendu assez sur les amours chiennes de son chef. Ça lui flanquait les jetons et il se demandait si en plus de boire, l'inspecteur ne fumait pas la moquette. Fragilité de l'être humain. Un petit éclat dans le cœur, et tout bascule.

Il le ramena sur terre…

— Dis, tu crois Luc Doms coupable de tous ces meurtres, toi ?

— Oui. Je pense qu'il a voulu tuer sa femme. Pour quelle raison ? Je n'en sais encore rien. Quant au voisin, c'est une bévue.

— Et pour Cousteau ?

— Jalousie, assura Lynch. Et il a liquidé Arnaud pour récupérer sa collection de *netsuke*. Quant à Clara Pampa, je pense qu'il a un sérieux problème avec les gonzesses…

— Peut-être, fit Barn dubitatif. Mais pourquoi lui a-t-il mis un rat dans le bide ?

— Ça colle avec ce qu'il a fait à Arnaud : lui fourrer un *netsuke* où j'pense. Doit être du genre sadique, aimer humilier ses victimes et prendre son pied à leur faire peur. Pour ça qu'il a envoyé sa photo à Clara. La trouille, ça se prépare !

— Pourtant, il n'a pas d'antécédents et…

— Relis les rapports sur les serial killers. Il y a souvent un élément déclencheur qui met la machine à tuer en marche. Parfois très tard. Quelque chose lié à un traumatisme provenant de l'enfance…

— Tiens, j'espère qu'on va en savoir plus, fit Barn en garant la bagnole dans le parking de l'hôpital.

Lynch éprouvait chaque fois la même tristesse en voyant les malades déambuler dans les couloirs. Certains avaient déjà le regard tourné vers l'autre monde.

Cette fois, le couillon de service les reconnut et ils purent entrer sans problèmes dans la chambre de Luc Doms. Ça sentait le produit de nettoyage.

Luc avait repris un peu de couleurs. Il ouvrit les yeux quand Lynch fut près de lui.

— Ça va mieux on dirait, fit l'inspecteur.

— Oui, j'suis pas encore mort…

— Vous avez le courage de parler un peu ?

Doms acquiesça.

— Le type en salopette qui se faisait passer pour un ouvrier, quand je l'ai coincé par terre, il m'a avoué que c'est Alice qui l'avait payé pour… pour venir mettre la bombe.

Lynch regarda Barn. La jeune femme l'avait prévenu que c'était un menteur et un mytho. Mais continue-t-on à mentir quand on a vu la mort de près ? L'inspecteur connaissait suffisamment les hommes pour les savoir capables de tout. Surtout du pire.

— Et qu'est-ce qui s'est passé ensuite ?

— Il m'a dit que la maison allait exploser dès que le voisin ouvrirait la porte. Ce crétin se précipitait toujours pour filer un coup de main à Alice. Le type a profité d'un moment d'inattention pour récupérer son arme et la pointer sur moi. C'est là que je lui ai tranché la gorge, avec mon couteau de boucher. Pas le choix. C'était lui ou moi… Puis j'ai enfilé sa salopette.

— Et la main ?

— J'ai eu l'idée de la lui couper et de passer mon alliance au doigt pour qu'Alice me croie mort. Comme je craignais qu'on ne retrouve rien après l'explosion, je suis sorti par-derrière et l'ai lancée dans un arbre, en face de la maison. Voilà…

— Pourquoi votre femme aurait-elle voulu vous tuer ? demanda Barn.

— Parce qu'elle est folle ! J'ai découvert qu'elle avait eu deux autres maris, tous deux morts dans des circonstances suspectes… Et qu'elle avait été enceinte, comme ce fut le cas avec moi. Puis, plus rien.

L'infirmière entra et pria les policiers de débarrasser le plancher. Le patient nécessitait des soins et, visiblement, elle n'appréciait pas qu'on l'importune.

— Toute façon, j'aurai sa peau, murmura Luc.

— Faudrait quand même fouiller dans le passé d'Alice, conseilla Barn en entrant dans la voiture.

— Qu'est-ce que tu crois ? répliqua l'inspecteur, je t'ai pas attendu. Et ce qu'il dit est vrai : elle a eu deux maris avant lui. Le premier est mort d'un arrêt cardiaque, et l'autre d'un accident. Ça ne fait pas d'elle une meurtrière. Quant à ses prétendues grossesses, aucune trace ! Elle a peut-être fait une fausse couche, ce qui aurait déclenché le processus de folie meurtrière de Luc Doms. Ce type est taré. Pour avoir l'idée de couper la main de quelqu'un et la lancer dans un arbre, faut être tordu. Sans parler du reste !

Barn était plus dubitatif que Lynch au sujet d'Alice. Il est vrai qu'en ce moment, il avait un contentieux à régler avec les femmes…

— Si on allait quand même lui rendre une petite visite, hein ?

Lynch acquiesça. Il partait du principe qu'il fallait toujours vérifier toutes les pistes. Même, et surtout, celles qui lui paraissaient les plus farfelues.

Arrivés devant la maison d'Alice, ils furent surpris de voir que les volets étaient fermés. Par acquit de conscience, Barn et lui allèrent quand même frapper à la porte.

— Bizarre, fit Lynch. Normalement, si elle change de domicile, elle doit le signaler à la police puisqu'une enquête est en cours.

— Elle l'a peut-être fait.

L'inspecteur appela le commissariat. Aucun changement d'adresse n'avait été notifié de la part de la jeune femme.

La voisine déboula soudain de son jardin. Une grosse en tablier garni de marguerites, avec des bigoudis tenus par des picots sur la tête. Du genre à se planquer derrière son rideau.

— Vous êtes des amis de la fille qui habite ici ?

— Oui, c'est ça.

— Pas la peine de toquer comme des malades. Elle est partie en vacances.

— Ah bon ? Elle ne nous a rien dit, fit Lynch.

— Normal. Elle dit jamais rien à personne. Même pas bonjour ! Ça m'avait l'air précipité comme départ. Elle a juste emporté une grosse valise.

— Vous êtes sûre qu'elle n'a pas déménagé ? demanda Barn.

— Non, non ! D'ailleurs y avait une jeune femme qui l'attendait dans un taxi.

— Ah bon ? s'étonna l'inspecteur. Vous pourriez nous la décrire ?

— Oui, parce que quand elle a vu l'autre avec son barda, elle s'est précipitée pour l'aider. Elle ressemblait à cette actrice qui a plein de gamins jaunes et noirs. Là, vous savez bien… Comment c'est encore, celle-là ? Mon fils a son poster dans sa chambre. Elle est en tenue de militaire avec un fusil.

— Lara Croft ?

— C'est ça ! La fille qui est sortie du taxi avait un pantalon pour aller dans la brousse et de longs cheveux châtains bouclés.

Lynch changea de couleur. Il se remémora les confidences larvées que Nicki lui avait faites la veille, au Blue Moon. *Je suis amoureuse. Je pars en vacances au pays où on fête les fleurs…* Ça alors ! Jamais il n'aurait pensé que la profileuse était attirée par les femmes. Et même s'il trouvait ça plutôt sympa, c'est comme s'il venait de recevoir un coup sur le crâne.

— Ça va ? s'enquit Barn en voyant l'inspecteur silencieux.

— Ça va. Vous ne savez rien d'autre ? demanda-t-il.

— Si. J'ai entendu ce que ma voisine disait au chauffeur de taxi. Elles sont parties à l'aéroport.

— Et la grand-mère ? demanda Barn.

— Quelle grand-mère ?

— La vieille dame qui vit ici.

— Ah oui ! Et bien figurez-vous qu'un soir, y a eu une tempête, et Catapulte, c'est mon matou, s'est enfui. Je l'ai cherché partout. Puis j'ai pensé qu'il était peut-être allé se réfugier chez la voisine parce que la fenêtre de sa cuisine était ouverte, à l'arrière. J'ai sonné. Elle n'est pas venue ouvrir. Or elle ne partait jamais. Alors j'ai fait comme le chat…

— Vous l'avez retrouvé ? s'inquiéta Barn, qui compatissait pour avoir lui-même souvent paniqué quand son chat fuguait.

— Ben non ! se lamenta-t-elle. Pourtant, il était bien nourri chez nous. C'est aussi ingrat que les hommes ces bêtes-là.

L'inspecteur se dit qu'elle devrait de temps en temps se regarder dans un miroir. Fallait être maso pour passer sa vie avec une gerbe de son espèce. Parce que c'est à ça qu'elle ressemblait avec son tablier fleuri et sa tête de chardon.

— Qui s'occupait de la vieille dame avant que sa petite-fille ne vienne habiter là ? Elle avait une infirmière à domicile ? demanda Lynch.

— Non. Elle se débrouillait toute seule. Enfin presque…

— C'est-à-dire ?

— Comme je suis insomniaque, certaines nuits, j'ai vu quelqu'un entrer chez elle.

— Un homme ou une femme ?

— J'sais pas. Dans le noir, c'est difficile, et j'vois plus très clair. Tout ce que je peux vous dire, c'est que l'ombre, elle ne sonnait pas à la porte. Elle avait sa clef.

— Vers quelle heure ?

— Toujours au milieu de la nuit, affirma la voisine.

— C'est sans doute Alice qui venait voir si tout allait bien, conclut Lynch. Mais pourquoi en pleine nuit ? Curieux…

— La vieille avait peut-être peur le soir, décréta Barn. À cet âge-là, on est souvent insomniaque. D'ailleurs, ma mère écoutait Tino Rossi à trois heures du matin et…

— Dites, arrêtez de m'interrompre tout le temps. Je ne sais plus où j'en suis à la fin, gronda la voisine. Pour me parler du gominé en plus…

— Vous êtes entrée dans la maison pour chercher votre chat, lui rappela Barn.

— Ah oui, c'est ça. Et c'est là que je l'ai trouvée par terre, à côté de son fauteuil roulant. Pauv' vieille…

— Et vous avez appelé l'ambulance.

— Non. J'ai pas appelé la police non plus. Pas envie d'avoir des ennuis, comprenez ! J'étais entrée par effraction. Je connais les flics, tous des saloperies. Quand ils peuvent vous coincer, ils n'hésitent pas. Mon frère était gendarme. Et bien figurez-vous qu'il a dénoncé mes parents parce qu'ils avaient un tas de fumier devant leur porte ! Vous vous rendez compte ?

— C'est sûr que le fumier ça pue, approuva Barn.

Elle le toisa d'un air méprisant.

— Mes parents étaient fermiers et nous étions bien contents de manger des produits naturels.

Une adepte du bio. Méfiance, pensa Lynch qui assumait son penchant pour les hamburgers.

— Bon, et ensuite, que s'est-il passé ?

— Ben rien. Personne n'a jamais rien su. Ni même ma famille. Ma mère disait : « Dans la vie, faut savoir se taire, sinon on s'attire que des emmerdes. »

— Et vous ne vous êtes même pas souciée de son état de santé ? s'offusqua Barn.

— Non, puisque de toute façon elle était morte !

Barn et Lynch se regardèrent, incrédules.

— Vous êtes sûre ?

— En tout cas, elle ne respirait plus.

Si ce qu'elle disait était vrai, pourquoi Alice avait-elle menti au sujet de sa grand-mère en faisant croire qu'elle s'en occupait ? N'arrivait-elle pas à faire son deuil ?

Lynch avait connu des gens dont la petite-fille était morte d'une leucémie. L'école s'était inquiétée de ne plus la voir. Incapables de l'enterrer, ses parents l'avaient couchée dans le congélateur. Une princesse dans un cercueil de glace. Tous les soirs, ils allaient lui dire au revoir. Quand l'inspecteur l'a découverte, il n'a rien dit à personne.

Son portable sonna. C'était la clinique où se trouvait le mari d'Alice.

50

Luc Doms s'est échappé...

Ces mots résonnaient dans la tête de Lynch comme si on lui avait planté des clous dans le cerveau. Le médecin-chef lui avait expliqué que le patient avait assommé un infirmier et était sorti tranquillement après avoir enfilé ses vêtements.

Et ce crétin de flic en faction devant la porte de sa chambre n'avait rien vu !

La police était au taquet. Toute la ville était quadrillée. Et si Luc avait appris qu'Alice prenait l'avion ? Peu probable, mais sait-on jamais ? Lynch s'éloigna et appela Nicki sur son portable. Tomba sur la messagerie. *Inutile de laisser un message, je suis en vacances.* Il jura et raccrocha. Revint vers la voisine et lui demanda quand elles étaient parties.

— Il y a environ une demi-heure.

— Avec un peu de chance, j'arriverai à les retrouver à l'aéroport.

— Encore faut-il savoir où elles embarquent, fit Barn.

— Bangkok.

— Comment tu sais ça ? s'étonna-t-il.

— Je le sais, c'est tout.

— Toute façon, Alice ne peut pas quitter le pays.

— Sauf si elle est avec quelqu'un qui travaille dans la police et qui a pu se procurer les papiers nécessaires...

Barn le regarda sans comprendre.

— Je t'expliquerai. Je file avec la bagnole. Toi, va voir ce qui se passe dans cette baraque.

— Vous voulez que je vous accompagne ? proposa la voisine, tout émoustillée à l'idée d'aller fouiner dans les affaires d'autrui.

— Non, rentrez chez vous. Je ne voudrais pas qu'on vous accuse d'être de nouveau entrée par effraction.

— Toute façon, y a pas de flics dans le coin.

— Ben si, fit Barn en lui montrant sa carte.

Elle faillit tomber à la renverse.

— Vous... Vous n'allez pas me dénoncer avec ce que je vous ai raconté ?

— Tous les flics ne sont pas comme votre frère, madame. Il y a aussi des pourris qui savent fermer leur gueule.

Et elle regagna ses pénates, sans demander son reste.

Une fois de plus, Nicki avait senti le danger avant tout le monde. Et elle avait décidé d'emmener Alice très loin, pour la protéger. Il fallait la prévenir. Lynch savait Luc Doms capable de les retrouver. Même à l'autre bout de la planète.

L'inspecteur avait fixé le gyrophare sur le toit et roulait vite. Il espérait arriver avant que l'avion décolle. Il avait toujours aimé Nicki. Mais ses sentiments à son égard étaient troubles. Ils oscillaient entre l'amitié et l'admiration. Ce qui, pour lui, était une forme d'amour. Cette femme représentait le mystère. Elle était faite de granit et d'éclats de verre. Physiquement, elle l'attirait, il ne pouvait le nier. Son corps était ferme et ses formes parfaites. Seuls ses traits parfois un peu durs le dérangeaient. Comme tous les êtres « en connexion » avec l'au-delà, elle lui faisait peur et le fascinait à la fois.

Il se rendit compte qu'il ne la connaissait pas. Même lors de leurs rares soirées arrosées au Blue Moon, elle ne s'était pratiquement jamais confiée à lui. Il ne savait rien de son passé, qu'il soupçonnait douloureux. Qu'avait-elle vécu pour avoir choisi de plonger dans les entrailles des serial killers, au point de tuer sa propre existence pour sauver celle des autres ?

À l'instar de Lynch, qui, sa journée terminée, pouvait se planquer devant sa télé et penser à autre chose, elle vivait jour et nuit avec ses cauchemars, car chaque seconde comptait et pouvait faire une autre victime. Lui travaillait dans le pragmatique ; elle dans l'irréel, le mental, cette pieuvre qui ronge l'âme.

La Fête des fleurs...

Il se souvenait qu'elle avait lieu entre juin et juillet, à Chaiyaphum, dans le nord-est de la Thaïlande. Il avait vu un reportage sur l'éclosion des fleurs de Krachiaw et ça lui avait donné envie d'y aller. *Une variété proche de l'orchidée, d'un rose sublime...*

Nicki pensait enfin avoir trouvé le bonheur. Et il allait tout casser. Il accéléra. Dépassa un gros camion. Ne vit pas qu'une voiture déboulait à toute allure en sens inverse...

52

Barn avait réussi à ouvrir un volet à l'arrière de la maison, grâce à une barre de fer trouvée dans le jardin. Un fouillis d'herbes et de choses inutiles. Et il avait cassé une fenêtre pour entrer. Après avoir tâtonné un moment dans le noir, il avait fini par trouver un interrupteur. Mais pas de lumière... Il avait allumé son briquet et constaté que l'ampoule de la cuisine avait été enlevée. De la vaisselle sale traînait dans l'évier. Il avança vers le salon. Pas d'ampoule non plus ! Alice les avait-elle dévissées ? Et pourquoi ? *Drôle d'idée...*

L'endroit était sinistre. Un intérieur de vieux. La jeune femme n'avait visiblement rien bougé, ni arrangé à sa manière afin de rendre le lieu plus agréable. Barn n'était pas sûr que la grand-mère soit vraiment morte. La voisine l'avait trouvée par terre et, d'après elle, elle ne respirait plus. Mais son décès n'avait pas été constaté. Il se pouvait qu'elle ait repris connaissance ou que sa petite-fille soit arrivée à temps pour l'embarquer à l'hôpital. Et si Alice était partie en vacances, chose compréhensible après le drame qu'elle avait vécu, elle avait très bien pu prendre ses dispositions pour placer sa grand-mère dans un hôpital ou dans une maison de retraite, le temps de son séjour. La voisine était du genre fouille-merde, à s'imaginer que la vie des autres ressemblait à un feuilleton télé.

Dans le salon, une photo de la grand-mère trônait sur le meuble. Elle avait l'air austère. *Pas commode, la vieille*, pensa Barn. Çà et là, des objets d'une autre époque, mais curieusement sans âme. On aurait dit qu'ils étaient là seulement pour garnir et pas pour ce qu'ils représentaient. Même quand Barn ne bougeait pas, le plancher craquait et créait une invisible présence qui le fit frissonner. Il n'était pourtant pas du genre trouillard. Mais il ressentait une sorte de malaise, comme si la mort s'était installée ici. C'est elle qu'il voyait là, assise dans le rocking-chair, près de la cheminée bouchée par des briques. Un rocking-chair vide qui se balançait doucement...

La sueur dégoulinait dans sa chemise et le sang battait contre ses tempes. D'un coup sec, Lynch avait braqué son volant et évité de justesse le fou d'en face qui roulait à contresens. Celui-ci avait mordu sur le fossé et continué sa route comme si de rien n'était ! Un concert de klaxons jaillit derrière lui. Il jeta un œil dans son rétroviseur et vit la bagnole du taré s'encastrer dans un des arbres qui bordaient la route. En temps normal, il se serait arrêté.

D'après Coco, qui avait fini par lâcher le morceau, « parce que les secrets de putes c'est comme ceux des curés, ça ne se dit pas », Clara Pampa lui avait confié que Luc avait des problèmes sexuels, du genre éjaculation précoce, et que c'était un jaloux maladif.

Il avait bien observé Alice, notamment quand ils s'étaient rencontrés dans le bistrot. C'était une enfant dans un corps trop mûr pour elle. C'est sans doute ce qui plaisait à Nicki. Un miroir. Celui d'une autre petite fille qui, comme elle, avait dû grandir dans une forêt d'épines, avec ici et là quelques clairières. Nicki, qui trimbalait un petit éléphant rouge ou un ours en peluche sur les lieux des crimes...

L'inspecteur eut un petit pincement au cœur en pensant qu'elles partaient en « lune de miel ». Il avait oublié le parfum des histoires d'amour. Pourtant, il aimait toujours les fleurs.

54

Figé de terreur, Barn fixait le rocking-chair vide qui couinait à chaque bercement. Soudain, une forme sauta en bas et bondit vers lui en poussant des petits cris sauvages. Un chat ! Probablement celui de la voisine.

Barn se rappelait son nom parce qu'il jouait avec ça quand il était petit.

— Catapulte ! cria-t-il.

Le chat parut se radoucir. L'inspecteur resta un moment sans bouger et l'animal finit par se frotter contre ses chaussures. *Tu sens que j'aime les chats, hein ?* Fallait-il en effet qu'il les aime, puisque sa femme était partie à cause de ça. Du moins, c'est le prétexte qu'elle avait évoqué. « C'est le chat ou moi ! » Finalement, il trouvait qu'il avait fait le bon choix.

La présence de l'animal le rassura. Plein de courage, il grimpa à l'étage. Peut-être y aurait-il de l'électricité là-haut ? Il ouvrit la porte de la première chambre et actionna l'interrupteur. Toujours pas de lumière. Il alluma de nouveau son briquet et, à la lueur de la flamme, constata une fois de plus que l'ampoule du lustre avait été enlevée.

Curieuse manie. Pourquoi dévisser les ampoules avant de partir en vacances ? Alice craignait-elle un court-circuit ? C'eût été plus simple de couper l'électricité !

La chambre était en désordre. Les portes de l'armoire vide étaient restées ouvertes et le lit, défait. Visiblement, la jeune femme était du genre bordélique. Sur le bord de la fenêtre, un livre d'enfant : *Barbe-Bleue*. Ça collait à son personnage. Il l'imaginait bien en train de lire des contes de fées malgré son âge. Son côté « petite fille »… Il repensa aux siennes et en eut les larmes aux yeux. Elles lui manquaient.

Il marcha sur quelque chose qui craqua. Le ramassa. C'était un jouet en plastique représentant un clown. Il lui avait écrasé le nez. Machinalement, il le glissa dans sa poche.

La salle de bains était vétuste ; un lavabo et une baignoire en piteux état. Il tourna les robinets qui crachouillèrent un fin filet d'eau froide. Aucun produit de maquillage sur l'étagère. Elle avait tout emporté. Il examina le contenu de l'armoire au-dessus de l'évier et la trouva remplie de médicaments. Principalement des somnifères. Sans doute pour la grand-mère. Ce qui frappa surtout l'inspecteur, c'est qu'il n'y avait pas de miroir… Or, il connaissait suffisamment les femmes pour savoir l'importance qu'elles attachent à leur image. Il imaginait mal Alice ne pas s'en soucier.

Il traversa le couloir et ouvrit la porte de l'autre chambre.

Ici, tout était en ordre. Le lit était fait. Recouvert d'un vieux couvre-lit matelassé. Rien sur la table de chevet, ni lampe ni réveil. Juste une photo de la grand-mère. La même que celle d'en bas, tout aussi austère, mais un peu plus jeune. Barn l'examina à la lueur de la flamme. Et poussa un cri quand il vit que ses yeux avaient été percés, probablement à l'aide d'épingles.

Comme ceux de Clara Pampa, dans lesquels on avait enfoncé des aiguilles…

55

Arrivé à l'aéroport, Lynch gara sa voiture. Dans le hall, il tenta de se frayer un passage parmi les voyageurs qui poussaient leur montagne de valises enchevêtrées sur des caddies. Ils partaient vers quelque paradis ensoleillé parce que, de toute façon, même si c'est pas mieux ailleurs, changer de paysage, c'est toujours s'inventer des rêves.

À l'embarquement, il se renseigna au sujet du vol pour Bangkok. Et s'entendit dire :

— L'avion vient de décoller, monsieur. Trop tard !

— Il n'y a pas eu d'embarquement de dernière minute, par hasard ?

L'hôtesse consulta sa liste.

— Non, affirma-t-elle.

Lynch poussa un soupir de soulagement. Elles étaient certainement plus en sécurité dans les nuages que sur terre. Il aurait aimé rester un moment à regarder décoller les avions. Ça le faisait toujours rêver. Mais dans les nouveaux aéroports, c'était plus possible. Il s'arrêta devant la grande fresque de Magritte, *Souvenir de voyage*, qui ornait le hall. Elle représentait un décor tout en pierre, avec une table garnie d'une bouteille, d'un verre, d'un plateau contenant trois pommes et d'un livre. En face d'une paroi de rochers. Plus aucune vie. Mort. *Comme tous les souvenirs*, pensa Lynch. Son frère et lui étaient assis à cette table.

Il marcha vers sa voiture, pensif. Chaque peinture de Magritte le laissait avec d'insolubles questions. Les seules intéressantes à ses yeux. Car celles auxquelles on pouvait répondre lui paraissaient futiles. Pour ça qu'il avait choisi de s'occuper d'affaires criminelles. Il avait toujours été attiré par les esprits tordus et insondables. Et considérait souvent les assassins comme des joueurs d'échecs machiavéliques remplaçant leurs pions par des humains.

Il appela Barn dans l'idée d'aller le rejoindre. Tomba sur la messagerie et lui dit qu'il arrivait. Pas la peine de prendre un taxi. Il ne mit pas son gyrophare. Y avait pas le feu au lac ! Il imaginait son collègue en train de fouiller dans les tiroirs de la vieille et de n'y trouver que des broutilles. Des miettes d'existence précieusement conservées, comme si c'étaient des pépites d'or.

56

Cette photo de la grand-mère aux yeux troués et vides comme ceux des morts lui glaça le sang. Barn la jeta sur le lit. Eut l'impression qu'elle portait la poisse. Il avait quelques notions de sorcellerie parce que sa tante pratiquait ce genre de choses. Dès qu'un voisin lui faisait des misères, elle piquait sa photo et l'abreuvait de formules sataniques après avoir allumé une bougie noire. Parfois, ça marchait. Elle portait la guigne. Mais n'était-ce pas le fait du hasard ? Toujours est-il que Barn se méfiait de tous ces rituels. Et plus particulièrement de sa tante.

Il fouilla dans les tiroirs. Trouva des babioles sans intérêt. Jusqu'au moment où il tomba sur un album de photos. On y voyait Alice petite, avec la même bouille craquante. *Une tête de poupée*, pensa Barn. Mais triste. Toujours seule, sur tous les clichés. Elle était habillée avec des robes de jeune fille trop affriolantes pour une gamine qui devait avoir à peine douze ans à cette époque. La petite semblait poser. Tantôt lascive, tantôt boudeuse… Une lolita qui incitait au viol. Pourquoi sa grand-mère avait-elle gardé de telles photos ? Barn se sentait mal à l'aise en les regardant. Comme s'il était voyeur. En les observant de plus près, il vit que la petite avait les lèvres rouges. Cet album ressemblait plus à un catalogue qu'à des souvenirs de famille. Et il ressentait exactement le même malaise qu'en face des portraits d'Alice Liddell par Lewis Caroll. Particulièrement celui titré *Au cœur d'un été tout en or*, où on voyait la petite fille poser en toute innocence, la robe dépenaillée, devant l'amoureux platonique, certes écrivain de génie, mais aux intentions troubles. Alice fut son seul amour. Peut-être l'inverse était-il vrai aussi.

Barn referma l'album et le rangea à sa place. Il y avait deux Alice : l'une à travers le miroir, l'autre qui n'en possédait point... Coïncidence du monde à l'envers dans lequel on vit ?

Il allait quitter la chambre quand il crut percevoir un bruit. Faible, mais saccadé. Quelqu'un respirait dans le coin, près de la fenêtre. Barn l'entendait. Un frisson lui parcourut tout le corps. Sans oser bouger, il regarda dans la direction d'où provenait la respiration. Et vit des chaussures dépasser sous les tentures qui tombaient jusqu'au sol.

D'un bond, Barn se rua sur la forme cachée derrière la tenture. Luc Doms poussa un cri. Le pied du flic lui martelait le thorax. Sa respiration devenait de plus en plus saccadée. Barn se calma un peu. Fallait pas qu'il meure.

— Qu'est-ce que tu fous ici, saleté ?

Luc haletait, incapable de prononcer un mot. Barn l'aida à s'adosser au mur et braqua son arme sur sa tempe. Elle n'était pas chargée. Il n'était pas censé le savoir, ce con.

Il se remit à respirer presque normalement.

— Tu es venu pour la tuer, c'est ça ?

Doms ne répondit pas.

— C'est toi qui as dévissé les ampoules, pour la surprendre dans le noir ?

Il hocha la tête.

— Et ça ne t'a pas paru étrange que tous les volets soient fermés ?

— C'était une manie chez elle. Elle faisait ça toutes les nuits. Comme si elle avait peur qu'un fantôme entre par la fenêtre !

— Tu aurais pu attendre longtemps. Alice est partie en vacances.

— J'croyais qu'il... lui était interdit de quitter le territoire !

— Tout comme il t'était interdit de quitter ta chambre. Je te rappelle que tu es accusé de meurtre. Et tant que le jugement n'a pas été rendu, tu es sous notre surveillance.

— Elle est vraiment efficace, la police, railla Luc.

— Ta gueule !

Tout en gardant l'arme pointée sur Luc Doms, il lui passa les menottes, qu'il attacha au tuyau du radiateur. Puis il fouilla dans la penderie et trouva un foulard qu'il lui enfonça jusqu'aux amygdales. *Muet, le connard !* Celui-ci devint tout rouge et tempêta. Plus aucun son ne sortit de sa bouche.

— Maintenant, tu vas attendre sagement ici que mes camarades viennent t'embarquer.

L'autre rageait et tenta en vain de se libérer.

Barn s'en alla en claquant la porte. Au moment où il voulut appeler ses collègues, il vit qu'il n'y avait pas de réseau. Peut-être dehors ? Il descendit au rez-de-chaussée et sortit. Traversa le jardin rempli de hautes herbes et chercha en vain à capter un réseau. *Tant pis.* Lynch allait de toute façon revenir le chercher...

Il rentra. Quand il voulut grimper à l'étage pour aller faire la causette à son prisonnier, il entendit des petits cris plaintifs provenant de la cave. Il dévala l'escalier en pierre et suivit les gémissements. *On dirait un bébé qui pleure*, pensa-t-il. Juste avant de franchir la dernière marche, il reçut un coup sur le crâne, chancela. Luc Doms le plaqua contre le mur et lui serra la gorge.

— Les tuyaux du radiateur sont pourris, pauv' tache. Elle est partie où ? Hein ?

Il serra un peu plus fort.

Barn murmura : « À Bangkok », espérant avoir la vie sauve. Douces illusions. Les tueurs ne sont que des ombres sans âme à qui on a piétiné le cœur avant de grandir.

Un coup violent. Un goût de fin du monde.

La vie de l'inspecteur bascula. Vola en éclats.

La dernière image qu'il vit fut celle de ses petites filles. Avec du rouge à lèvres.

58

Prisonnier des embouteillages, Lynch pestait. Il détestait ça et n'avait aucune patience pour ce genre de mésaventures. Il tenta de nouveau de joindre son collègue. En vain. Commençait à être inquiet. Ou alors ce distrait avait oublié d'allumer son portable ? Il pensa à Coco et l'imaginait dansant la rumba avec Barn. Le couple d'enfer !

Dans la voiture devant lui, une fillette avec des tresses s'amusait à lui tirer la langue. Pris par un élan puéril, il fit de même. Un petit chien blanc sauta sur la plage arrière. L'inspecteur pensa à sa chienne. Au début, il avait eu de l'espoir. Mais plus le temps passait, plus il redoutait le pire. Tout ce qu'il espérait, c'est que Franky ne l'avait pas fait souffrir. Il revit les images atroces de la vidéo de l'hôpital psychiatrique. Franky, avec son sourire de petit garçon qui espérait toujours voir le Père Noël descendre dans la cheminée pensant que c'était son papa. Depuis qu'il était à l'asile, chaque 24 décembre, il se postait devant l'âtre et attendait toute la nuit, les yeux grands ouverts. Mais le père était mort. Et Noël avec. Était-ce pour ça qu'il avait disjoncté ?

Et si Lynch était devenu flic rien que pour protéger son frère des griffes de la police ? Parfois, il se le demandait.

Les voitures se remirent à avancer. Il regarda sa montre. Barn avait dû prendre un taxi pour rentrer au commissariat. C'était peut-être plus la peine d'aller jusqu'à la maison d'Alice.

Il dépassa la voiture avec la petite fille, qui lui tira de nouveau la langue.

Cette fois, il mit le gyrophare.

À bord de l'avion planant au-dessus des nuages, Nicki savourait son bonheur. Voilà très longtemps qu'elle n'avait pas pris de vacances. Sans doute parce qu'elle n'en avait jamais éprouvé le besoin. Ne rien faire et profiter de la vie lui paraissait indécent. Elle s'était toujours sentie investie d'une mission et estimait que chaque minute devait servir à se rendre utile. Elle avait reçu une éducation où le plaisir était tabou et synonyme d'égoïsme. Il fallait maintenant qu'elle apprenne à accepter de vivre ses rêves sans culpabiliser. Pas facile… *Le bonheur permet l'inconscience*, pensa-t-elle, *mais il faut beaucoup de sagesse pour accepter d'être heureux.*

Elle n'en revenait toujours pas de se trouver là, près des étoiles, avec Alice. Elle tourna la tête vers elle. La trouva belle, frêle comme une poignée de pétales. Depuis combien de temps Nicki n'avait-elle pas contemplé la beauté ? Toujours en apnée dans le sang des autres. Absorbant la douleur des crimes jusqu'à s'en sentir parfois responsable !

L'hôtesse passa entre les rangées avec un chariot contenant des petits pains et des boissons chaudes.

Nicki prit un café. Alice ne voulut rien. Elle était pâle.

— Ça te ferait du bien de boire quelque chose, lui conseilla Nicki. Tu as le mal de l'air ?

— Non. Tout va bien. Ne t'inquiète pas.

Histoire de lui faire oublier qu'elle était dans un avion, Nicki lui montra la revue glissée dans la pochette du siège avant et lui parla de la splendeur des paysages de Thaïlande et de ses cocktails parfumés.

— Mmm… Ç'a l'air bon, ça ! fit-elle en lui lisant la recette du Mai Tai, un cocktail typiquement thaï. Six centilitres de rhum blanc, trois de liqueur d'orange, une cuillère à soupe de sirop d'orgeat, même dose de sirop de grenadine et de citron vert, et une demi-cuillère à soupe de sucre. Tu mets le tout dans un shaker avec de la glace pilée…

— Faut ajouter de la cannelle, dit Alice.

— Tu crois ?

— Oui, je suis sûre que c'est meilleur.

— Bon, ben on essaiera ! fit Nicki avec enthousiasme. Tu es certaine que tu ne veux pas boire quelque chose ?

— Non. J'ai juste envie de dormir.

— Tu veux que j'aille te chercher une couverture ?

— Écoute, je sais très bien me débrouiller toute seule, assura Alice d'un ton sec. Je n'ai pas besoin de nounou. Et je n'en ai pas l'habitude.

Nicki se sentit rougir. Elle non plus n'aimait pas qu'on la materne. Parce que les caresses sont brûlantes pour ceux qui n'en ont jamais reçu. Douloureuses mais pas apaisantes, à cause des manques. On s'en méfie, et aussi de ceux qui les donnent. Quelles blessures avait pu vivre Alice dans son enfance ? Nicki se dit que les siennes, à côté, devaient être dérisoires. Et elle se promit de faire plus attention désormais. Trop de sollicitude risquait de l'effaroucher.

Malgré l'envie de lui parler et de lui poser des questions sur sa vie – parce que, après tout, elle ne savait rien d'elle –, elle la laissa tranquille.

Alice se tourna vers le hublot. Au bout d'un moment, Nicki supposa qu'elle dormait. Mais, dans le reflet de la glace, elle vit qu'elle avait les yeux grands ouverts.

Les petites filles au rouge à lèvres poussaient des cris de crécelle. Elles n'étaient plus deux, mais des centaines à piailler autour de Barn. Il finit par ouvrir les yeux. Sa tête lui faisait atrocement mal. *Boum ! Boum !* Le p'tit tambour de la mort jouait sa musique avec bonheur.

Il se redressa péniblement. Fouilla ses poches et trouva son briquet qu'il alluma. La cave était lugubre à souhait. Les murs, d'un jaune pisseux, suintaient de toutes parts, comme une peau malade. Des gargouillements provenant des tuyaux donnèrent l'impression à Barn d'être dans un ventre. Microbe pris au piège.

Il se dirigea vers les petits cris, suivit le long couloir seulement éclairé par la flamme vacillante de son briquet. Ici, les ampoules n'avaient pu être dévissées parce que, tout simplement, il n'y en avait pas !

Les cris se muèrent en miaulements plaintifs. Terré dans un coin, le chat le fixait, les poils hérissés. Il avait l'air tétanisé. Figé dans une expression de terreur. Barn s'approcha doucement de lui pour le caresser, mais le chat s'échappa en direction d'une lourde porte en bois, fermée par un loquet. Il s'y colla, comme s'il voulait qu'on lui ouvre.

— C'est pas par là, la sortie, dit Barn. Viens !

Il fit demi-tour, se retourna pour voir si l'animal le suivait, mais il n'avait pas bougé.

— Têtu avec ça !

Au moment où il se baissa pour le prendre, le chat poussa des cris sauvages et lui griffa la main.

— Sale bête ! Je veux te sortir d'ici, et voilà que tu m'attaques !

À chaque parole, le petit tambour frappait dans son crâne. *Et s'il voulait me dire quelque chose ?* À force d'avoir observé Midnight, son fêlé de matou, il s'était rendu compte que, souvent, les animaux tentent de nous communiquer des choses ou de nous avertir des dangers. Mais peu de gens y font attention.

Il essaya d'ouvrir le loquet. Constata qu'il était cadenassé. Pas de clef. Il avait toujours un bout de fil de fer dans ses poches. Vieille habitude qu'il tenait d'un oncle pas très catholique, spécialisé en ouvertures de coffres-forts, et qui lui avait appris sa technique. Précieux héritage ! Il s'en était déjà servi pour faire démarrer sa voiture une fois où il avait perdu ses clefs.

Après quelques secondes, le verrou émit un déclic et il put soulever le loquet. Il tira sur la lourde porte et entendit une petite musique enfantine qu'il reconnut aussitôt. *Il était un petit navire, il était un petit navire… qui n'avait ja, ja, jamais navigué…*

Barn avança. Et se mit à hurler.

61

Luc Doms allait prendre un avion pour Bangkok. Il connaissait cette ville pour y être allé plusieurs fois. Savait comment fonctionnait la police. Comme dans beaucoup de pays. Ici, au moins, c'était pas un secret, mais une coutume. Du pognon, il en avait. Et des photos d'Alice aussi. Il allait changer de nom et de look. Retrouver cette ville qui fourmillait de monde, de tuk-tuk et taxis roses, avec les chauffeurs qui ne comprennent que dalle et parlent parfois à leurs clients avec un inhalateur enfoncé dans la narine, comme si de rien n'était… Ses *soï*[1] peuplées de chiens errants et de petits temples garnis de jasmin, de la bouffe partout et des gens qui bavardent accroupis, comme s'ils étaient assis sur des W-C turcs. Il avait surtout fréquenté les « bars à pipes »[2] et les *katoï*[3]. Il y avait encore quelques amis qui pourraient l'aider à retrouver la trace d'Alice. Il

---

1. Petites ruelles.
2. Établissement où le client peut boire un verre au comptoir pendant qu'une prostituée lui fait une pipe, cachée en dessous par des rideaux rouges.
3. Travestis.

aurait dû rester à Bangkok. Ou ailleurs. Rien de tout cela ne serait jamais arrivé.

Il allait prier Bouddha pour l'aider à la retrouver. N'était pas croyant, mais ça pouvait toujours servir. Et quand il l'aurait tuée, il lui paierait un enterrement thaï, dans un cercueil décoré de guirlandes de Noël.

Elle avait toujours détesté les fêtes.

Ce qu'il ne savait pas, c'est que, là-bas, les vivants laissent les portes de leur maison ouvertes. Pour laisser entrer les fantômes...

Il était un petit navire… il était un petit navire, qui n'avait ja, ja, jamais navigué, ohé, ohé…

Barn sentit un liquide chaud couler le long de ses jambes. Jamais, au cours de sa putain d'existence, il n'aurait pu imaginer voir une telle horreur !

Sur des étagères, près d'un lit, de grosses bougies projetaient leurs flammes vacillantes sur les murs moisis où des ombres menaçantes semblaient danser au son de la petite musique enfantine. Enroulés autour du lit, des fils barbelés emprisonnaient complètement une forme allongée que Barn distinguait mal, incapable d'avancer devant cette mise en scène macabre. Au-dessus des barbelés étaient accrochés des mobiles, comme ceux qu'il avait fixés aux berceaux de ses filles quand elles étaient bébés. Sans la petite musique, elles refusaient de s'endormir. Ici, au bout des ficelles, point de jouets colorés, mais des choses informes, attachées grossièrement.

Barn respira un bon coup et s'approcha lentement. Les choses qui pendouillaient étaient des bras, des mains et des jambes de fœtus desséchés. Des mouches grouillaient autour.

Un mouvement perpétuel relançait le mécanisme du tourniquet musical. De plus en plus atroce, la lancinante mélodie semblait s'érailler dans les barbelés.

Étendue sur le lit, prisonnière de cet insoutenable cauchemar, une vieille femme immobile regardait fixement les membres déchiquetés des fœtus qui tournoyaient au-dessus d'elle.

Elle est morte, pensa l'inspecteur. Des mouches sortaient de sa bouche ouverte. Dans ses bras décharnés, trois poupées en robe rose dont les têtes avaient été remplacées par celles de fœtus. Les yeux vides des bébés desséchés semblaient regarder cet homme terrifié qui se penchait au-dessus d'eux.

Soudain, la vieille poussa un cri rauque. Venu d'outre-tombe.

Les mouches s'envolèrent.

63

Quatorze heures de vol. L'avion d'Alice et Nicki avait atterri à Bangkok dans la chaleur moite de l'aéroport. Une longue file attendait devant le bureau de contrôle des passeports.

Alice avait l'air contente. Nicki savourait déjà le moment où elles allaient prendre l'apéro sous la végétation luxuriante, à la terrasse de petits restos aux tables décorées de bougies. Elle avait acheté un tas de bouquins sur la Thaïlande et en avait une vision magique, pleine de couleurs, de parfums, de palmiers et de gens souriants. Une image de carte postale pour touristes. Mais ça lui plaisait.

Le contrôle au départ de Pandore s'était bien passé. La profileuse s'était arrangée pour procurer des papiers à Alice sous un faux nom. Pas de raison que ça coince en Asie. C'est seulement arrivée devant le tapis roulant dégorgeant de bagages que Nicki eut vraiment l'impression que son rêve allait se réaliser. Alice scrutait sa valise d'un air las. Poussa un soupir de soulagement en la récupérant. *Après une bonne douche, elle se sentira mieux et on s'éclatera !*

— Je vais chercher un chariot. On gagnera du temps, proposa Alice.

— On n'a que deux valises !

— La mienne est lourde et je suis fatiguée, dit-elle en la déposant près de Nicki. Attends-moi ici.

Nicki patienta une dizaine de minutes avant d'apercevoir enfin son bagage. Elle le prit et scruta le hall. Elle aimait ces endroits où l'on se retrouve parfois après des mois. Le sourire des vieux qui découvrent leurs petits-enfants, les amoureux qui s'étreignent. *La vie devrait toujours être un lieu de retrouvailles. On devrait s'aimer comme si on allait se quitter.*

Il y avait beaucoup de monde et elle avait du mal à repérer Alice dans la foule. Si elle bougeait pour aller à sa rencontre, elles risquaient de se perdre. Le temps finit par lui sembler long. C'est quand tous les passagers de son avion furent partis qu'elle se rendit compte que son amie avait disparu. *Elle a dû se paumer...*

Nicki décida de prendre les deux valises pour aller à sa recherche. Et fut très surprise quand elle souleva celle d'Alice. Elle était légère comme une plume !

64

Barn était toujours en état de choc. Ses nuits se déchiraient en lambeaux aux barbelés de cette cave où il semblait être resté prisonnier. La vieille était arrivée à l'hôpital, toujours vivante !

Elle est morte peu après, le corps bouffé par les mouches et l'âme en sang. Celui des fœtus.

L'inspecteur était devenu un zombie. Même les cours de rumba de Coco n'arrivaient plus à lui rendre le sourire. Certaines images sont comme des tatouages, et on a beau s'arracher la peau, il en reste des marques. Il lui faudrait du temps. Beaucoup de temps pour que l'horreur s'estompe. Mais il savait qu'il n'oublierait jamais. Qu'il y aurait toujours un moment où une mouche viendrait lui rappeler qu'on ne s'échappe pas de l'enfer. Même si c'est celui des autres.

À la demande de Lynch, après l'histoire de la vieille, le juge avait lancé un mandat d'arrêt en Thaïlande contre Alice, pour « tortures psychologiques et physiques ayant entraîné la mort ». Impossible de joindre Nicki. L'inspecteur était très inquiet. C'est la première fois depuis qu'il la connaissait qu'elle se coupait du reste du monde. Il la comprenait. Un jour ou l'autre, on doit tous savoir faire ça. Sinon, on se perd. Il espérait seulement qu'elle lui donnerait signe de vie.

Pas de trace de Luc Doms. Lui aussi était recherché pour le meurtre du faux ouvrier qui était venu mettre une bombe dans la villa. Mais s'il n'était pas impliqué dans les autres meurtres, il s'en sortirait avec la légitime défense.

La maison de la grand-mère fut fouillée de fond en comble. L'album photo trouvé par Barn prit soudain une signification dégueulasse. En regroupant les éléments éparpillés dans les recoins – la vieille avait fabriqué un double fond dans l'une des armoires, où elle avait planqué des documents –, Lynch parvint à reconstituer l'histoire d'Alice.

La petite fille était née en enfer et y était restée.

Les restes des fœtus avaient été analysés au labo. Même ADN qu'Alice. Elle faisait sans doute partie de ces femmes malades qui, dès qu'elles sont enceintes, paniquent et tuent leurs bébés par peur de les voir mourir. Parce que la vie engendre la mort… Ou alors, la raison était autre. Une vengeance à l'égard des hommes ? Elle aurait pu prendre des contraceptifs. Si elle ne l'avait pas fait, c'est qu'elle cherchait à les faire souffrir et à les humilier. À se venger de tous ces ogres qui s'étaient transformés en petites souris pour dévorer ses dents de lait cachées sous l'oreiller. Peut-être qu'elle les tuait. Comme les mantes religieuses…

L'inspecteur avait découvert qu'à la mort de ses parents Alice, encore enfant, avait été élevée par sa grand-mère, qui la faisait violer par des vieux libidineux et touchait le pognon. En clair, elle se servait de sa petite-fille comme d'une « machine à sous ». Les flics avaient retrouvé des liasses de billets cachées sous une latte du plancher, ainsi que les noms des clients. Des tueurs d'innocence, dont l'âge déjà avancé à l'époque laissait logiquement supposer qu'ils croupissaient six pieds sous terre.

Plus tard, quand la vieille sorcière s'était retrouvée paralysée, Alice s'était vengée. Elle lui avait fabriqué un enfer rien que pour elle. Avec une petite musique douce… Pour faire encore plus mal !

Une demande d'exhumation était en cours concernant la mort « accidentelle » de ses deux autres maris. Même si cette femme avait disjoncté à cause de l'horreur de ce qu'elle avait vécu, il fallait la retrouver au plus vite.

L'inspecteur ne la jugeait pas. Pour lui, le véritable monstre était la grand-mère. Alice lui avait rendu la monnaie de sa pièce.

Lynch passa sa soirée chez Coco. Et pour la première fois, il pleura doucement dans ses bras. Elle le crut fatigué. Il ne la contraria pas. Mais c'est à Nicki qu'il pensait. Et à sa petite chienne. Il savait de quoi Alice et Franky étaient capables. Du pire. Pour écraser le meilleur.

65

L'hôtel Sukhotai, sur Sathom Road, au centre-ville, avait un charme particulier avec ses jardins remplis de fleurs et sa belle collection d'objets d'art. Nicki l'avait choisi en se disant qu'il serait parfait pour une « lune de miel ». Après avoir cherché dans tout l'aéroport et aux alentours, elle avait dû se résoudre à l'idée qu'Alice était partie sans elle. Elle était partagée entre la fureur et l'angoisse. Pourquoi avait-elle agi de la sorte ? Par peur du bonheur, ou pour fuir autre chose ?

La jeune femme posa les valises sur l'un des deux lits et s'allongea sur l'autre en fixant le plafond. Décidément, l'insouciance ne voulait pas d'elle.

Au bout d'un moment, elle se releva et contempla la chambre avec ses meubles en teck et ses orchidées dans des coupelles. Elle se trouvait dans l'un des plus beaux endroits de la planète et n'avait qu'une envie : boire jusqu'à l'ivresse pour oublier que le bonheur n'était qu'un illusionniste de pacotille et ne se cacherait jamais dans ses draps. *Saloperie en forme de cœur pour touristes de l'amour.*

Elle avait décidé de passer quelques jours ici. Histoire d'essayer de comprendre. Au fond, elle savait que la réponse n'était pas liée à elle. Mais au diable.

Elle ouvrit le bar et en extirpa une petite bouteille de vodka qu'elle vida d'une traite. Pas son habitude. Elle se sentit un peu plus détendue. La valise d'Alice était là, sur le lit, comme pour remplacer son absence. Malgré sa curiosité, Nicki hésitait à l'ouvrir. Tant qu'elle restait fermée, elle gardait ses secrets. *Et si c'était sa dernière lettre d'amour ? Si elle me l'avait laissée volontairement pour m'éclairer sur la petite fille triste ?*

Nicki caressa la valise. Mais ne l'ouvrit pas.

66

À l'heure actuelle, la vieille bique doit être crevée, emprisonnée dans les barbelés de sa méchanceté. J'suis contente ! Saleté ! Elle m'a tuée le jour où elle m'a recueillie. M'a arraché le cœur pour le faire mijoter dans les couilles des vieux crapauds. Je sens encore leur haleine fétide au-dessus de moi. Leurs sales pattes m'arracher ma culotte et me fouiller la chatte. Pour ça que je trouais le ventre de mes poupées... Pour qu'elles sentent la même chose que moi et qu'on soit proches. On l'était puisqu'elles ne criaient pas. Et moi non plus. Mais ça voulait pas dire qu'elles avaient pas mal. Papa, maman, je vous déteste. J'vous en veux d'être morts. On crève pas quand on a des petits. On s'accroche ! Fallait pas me laisser chez la vieille. Vous l'aimiez pas. Elle puait le rance et la pute qui se lave pas. C'est elle qui m'a appris à tuer les bébés avec une aiguille à tricoter. J'ai jamais aimé aucun homme. Ni personne dans ma vie. Qu'est-ce qu'elle croyait, cette fille qui me tournait autour avec ses manières de m'endormir en faisant semblant de s'occuper de moi ? J'aime pas qu'on s'occupe de moi. Faut me laisser tranquille. Si

elle me retrouve, je la tue. D'ailleurs, elle pue le
cadavre.

J'suis triste que la vieille soit morte.

J'aurais aimé la faire souffrir encore un peu...

Alice sourit en regardant les bateaux sur le fleuve
Chao Praya. Demain, elle en prendrait un de bonne
heure. Pour aller là où c'était le paradis. Elle allait enfin
voir cet endroit dont elle avait toujours rêvé. Le paysage qui se trouvait sur cette carte postale que lui
avaient envoyée ses parents avant de mourir. La seule
image qu'il lui restait d'eux et qu'elle avait cachée sous
son matelas quand elle était petite. Tous les soirs, avant
de se faire violer, elle la regardait. Et ça l'avait aidée à
ne pas se jeter par la fenêtre.

Elle n'en avait plus besoin maintenant.

67

Impossible de dormir ! Nicki tournait en rond. Elle s'approcha de la valise d'Alice et décida de l'ouvrir.

Vide ! Elle était déçue. Espérait une trace, un message… Mais n'en était-ce pas un ? Alice était partie sans rien, juste avec ses illusions. Et elle avait berné la profileuse. Au fond, depuis le début, elle n'avait pas l'intention de rester avec elle. Seulement d'en profiter pour quitter Pandore et s'enfuir très loin.

Malgré sa colère, Nicki ne pouvait s'empêcher de ressentir encore une attirance pour cette fille. Elle essaya de se raisonner. *C'est pas elle que tu aimes, mais le souvenir d'Anne.*

Pourtant, en dehors de ses sentiments troubles, quelque chose la taraudait. Maintenant, quand elle pensait à Alice, elle la voyait entourée d'un voile sombre. Comme chaque fois qu'elle avait des prémonitions…

Elle éprouva soudain l'envie d'appeler Lynch, juste pour avoir de ses nouvelles. Enfin, pas que ça. Besoin de l'entendre. Il avait une voix rassurante. Après tout, c'était presque un ami puisqu'ils buvaient parfois des coups ensemble. Et puis, sur cette Terre, à part le clochard, elle n'avait personne d'autre que lui. Elle regarda le réveil. À Pandore, il était six heures plus tôt. Elle hésita. *C'est un couche-tard...* et composa son numéro. L'inspecteur décrocha tout de suite.

— Salut, c'est Nicki, ça va ? Je...

— Nicki ! s'écria-t-il, seigneur ! Tu vas bien ?

Elle sourit. Lynch paniquait-il à ce point avec les avions ?

— Écoute, fit-il tout de go, je sais qu'Alice est avec toi. Cette fille est folle et dangereuse.

Et il lui raconta dans quel état la grand-mère avait été retrouvée. Évoqua tous les documents qu'elle avait cachés dans la maison concernant les clients qui violaient sa petite-fille. Elle s'en était sûrement servie après pour leur faire du chantage.

— Je me demande si finalement Alice n'est pas derrière tout le reste, ajouta-t-il. Mais on n'a pas encore de preuves.

Il ne lui parla pas de Luc Doms qui s'était échappé de l'hôpital. Pas la peine d'en rajouter. Et puis, la police s'en occupait.

La jeune femme était abasourdie. Elle visualisait la scène racontée par Lynch, en flashes violents. Et entre chaque « image » le sourire d'Alice, avec son regard de petite fille perdue.

— Tu m'entends ? Nicki ?

— Oui, balbutia-t-elle. Elle... elle s'est enfuie !

— Le préfet a lancé un mandat d'arrêt international. Pour une fois, laisse les flics s'en occuper et reviens ! Tu as trop d'affection pour elle et c'est pas bon, tu le sais.

— Oui, mais je pense que je vais rester encore un peu. C'est un beau pays.

— Si tu veux. Si jamais elle te recontacte ou si tu retrouves sa piste, avertis la police tout de suite et ne t'occupe de rien ! Ne fais pas comme d'habitude et ne joue pas à la super woman, promis ?

— Promis, mentit Nicki.

— Je tiens à toi.

— Merci, Lynch.

Et elle raccrocha.

Dépitée, elle s'assit sur le lit et tenta de se calmer. Elle avait un élément : la valise. Elle la mit sur ses genoux et y posa les mains. Se concentra. Attendit de voir des images… Tout était noir. Sans aucune lueur d'espoir. Cependant, quelque chose en elle l'exhortait à rouvrir la valise. Comme si le vide contenait une réponse.

Elle passa la paume de ses mains sur la doublure. C'est alors qu'elle sentit une fine épaisseur. Elle saisit un couteau posé sur un plateau, à côté d'un fruit, et déchira le tissu. Y trouva une carte postale représentant l'île de Ko Kret, avec sa mer bleue, le sable fin et un parfum d'éden.

Au dos, un mot adressé à Alice :

Ma petite Alice chérie,
Nous pensons beaucoup à toi. Ici, c'est le paradis.
Nous t'y emmènerons un jour.
Papa et maman.

Pourquoi n'avaient-ils pas embarqué leur fille avec eux ? L'avaient-ils laissée chez la grand-mère pendant leurs vacances ? Nicki frissonna à cette idée.

Elle savait où trouver Alice. Elle n'avertirait pas la police, malgré les recommandations de Lynch. Dût-elle y laisser sa vie.

68

Très tôt le matin, Nicki prit un bateau, sur l'un des pontons du Chao Phraya, pour l'île de Ko Kret, à une heure de Bangkok. Direction Pak Kret, dans la province de Nonthaburi. Sur ce fleuve chargé d'histoire longeant les majestueuses statues de Bouddha et les temples qui scintillaient dans l'eau, on avait peine à croire que le monde n'était pas tout entier à l'image de cette beauté. Nicki savait que ce pays provoquait un choc et que, quand on y était allé une fois, on ne pouvait plus jamais s'en passer. Que les dessous ne sont pas toujours aussi roses qu'on le pense quand on y pose un regard de touriste. Mais le sont-ils ailleurs ?

Sur le bateau, les femmes prenaient garde de ne pas toucher les moines en robe orange vif. Sacrilège ! La douceur de ces gens contrastait avec l'impatience des Européens, toujours énervés, pressés, conditionnés par leur boulot. Elle aimait leur sourire. Mais pensa qu'il fallait peut-être s'en méfier parfois. Comme celui d'Alice…

N'empêche qu'elle sentait leur gentillesse, pareille à une caresse.

Arrivée au Temple Wat Pak Kret, Nicki embarqua dans une pirogue à longue queue, pour une courte traversée. Quand elle débarqua sur l'île, elle eut l'impression de se trouver dans un havre de paix. Loin de la pollution et des trépidations urbaines. Mais, même si Bangkok grouillait de monde, elle s'y sentait apaisée. Parce que les Thaïs ne sont pas stressés. Fallait pas y être depuis longtemps pour ressentir ça. Ko Kret était une île connue pour ses poteries. Plus tard, elle la visiterait… Pour l'instant, il fallait qu'elle retrouve Alice. Nicki pouvait imaginer que son passé atroce lui avait fait perdre la tête. Pas qu'elle ait commis les autres crimes, ni concocté tous ces meurtres machiavéliques. Il y a avait sûrement autre chose qui lui échappait encore. Luc Doms, ce jaloux maladif, avait toutes les raisons d'avoir commis ces crimes. Mais là où il était, sur son lit d'hôpital, il n'était plus dangereux.

Elle passa sa journée à chercher Alice. Au hasard des rues, où seuls les cyclomoteurs et les bicyclettes étaient autorisés. Parfois, elle s'arrêtait devant les échoppes, de petites maisons en bois, qui vendaient des souvenirs ou des victuailles. Demandait en anglais si personne n'avait vu, par hasard, une femme blonde. Un oiseau de passage… Les gens la regardaient en souriant, sans avoir l'air de comprendre.

À la tombée de la nuit, Nicki s'arrêta dans un bar, près de l'eau. Le garçon, un Blanc, secouait un shaker en dansant.

— Bonsoir ! Un Mai Tai, demanda-t-elle machinalement.

— Ah, je peux vous préparer ça avec de la cannelle si vous voulez. C'est délicieux !

Nicki sursauta. La recette d'Alice !

— D'où tenez-vous ça ? s'écria-t-elle.

— C'est la jeune femme rousse, là-bas sur la plage, qui me l'a donnée, et c'est très bon !

— Rousse ?

— Elle est près des rochers. Vous la voyez, avec son foulard bleu autour du cou ?

— Oui. Je pourrais avoir un verre d'eau s'il vous plaît ?

Au moment où le barman se retourna pour remplir le verre, elle saisit un couteau qui traînait près de l'évier et le glissa dans la ceinture de son pantalon, sous son tee-shirt.

Quand il revint, elle n'était plus là.

Nicki se dirigea vers Alice comme un zombie. Elle arriva doucement derrière elle, hésita entre lui parler et lui pointer le couteau dans le dos. Mais elle n'en eut pas le temps.

69

Le soir se faufilait en robe de dentelle noire, entre les toits des immeubles. Lynch regardait la lune qui semblait surgir d'une cheminée. De sa fenêtre, il voyait déambuler lentement les hommes aux chapeaux boules, sur la place des Épaves de l'ombre, quelques rues plus loin. Ils passaient, frôlant les murs de leur manteau foncé, petite cravate rouge et col cassé. Tous pareils. Tels de silencieux fantômes. Sur d'autres places, certains vendaient des rêves. Ceux-ci vendaient de la chance. Ils venaient d'un monde caché, ou des eaux profondes. De quelque part où la mort joue avec la vie.

L'inspecteur ne croyait pas à ces marchands de bonheur. Et pour que ça marche, il fallait avoir la foi. Lui, il l'avait perdue dans les rides de son vieux fauteuil en cuir. Depuis que sa petite chienne n'était plus là, Lynch ne s'était plus jamais assis dedans. Sauf le jour où elle avait disparu. Pour pleurer.

Lynch regardait la lune se voiler quand on frappa à sa porte. Il sursauta. Il était tard. Pas l'habitude d'avoir de la visite à cette heure...

Il alla ouvrir et trouva une caisse posée sur le paillasson.

70

Alice parla sans se retourner. De fines mèches blondes dépassaient de sa perruque rousse. Nicki ne reconnut pas sa voix. Elle avait quelque chose de cassé, de puéril. Alice causait comme une gamine dans un corps de femme. *Une voix de folle*, pensa la profileuse.

— Je savais que tu viendrais… Tu ne m'en veux pas, dis ?

Elle essaie de t'endormir, te laisse pas prendre à son piège.

— Pourquoi t'as fait ça ? demanda Nicki.

— Parce que j'avais besoin d'être un peu seule. Je serais venue te retrouver, tu sais.

— Non ! Je te demande pourquoi tu as fait ça à ta grand-mère…

Alice resta silencieuse.

— Tu me réponds oui ou non ? cria Nicki.

— J'comprends pas.

— Si, tu sais très bien à quoi je fais allusion. J'ai eu la police de Pandore au téléphone. Ils ont trouvé ta grand-mère dans la cave…

— C'est pas ma grand-mère, c'est une sorcière.

— Et les bébés ? Qu'est-ce qu'ils t'ont fait ? Hein ?

Elle ne répondit pas.

— Et les autres ? C'est toi qui les as tués ?

— Tu ne sauras jamais ! s'écria-t-elle en se ruant sur elle.

Ses yeux étaient injectés de sang. Avec une force hors du commun, elle lui arracha le couteau. Son foulard glissa et Nicki remarqua qu'elle avait une cicatrice dans la nuque. En forme de zigzag. Elle se souvint de la conversation avec Lynch au Blue Moon. La marque qu'Arnaud s'était faite au cou, juste avant de mourir, comme pour laisser un message sur son assassin…

Alice lui planta le couteau dans le ventre.

La dernière chose que vit Nicki fut une étoile filante.

Trop tard pour faire un vœu…

71

Quand Lynch ouvrit la caisse, il trouva sa petite chienne inanimée à l'intérieur. Il crut d'abord qu'elle était morte. La prit tendrement dans ses bras. Son cœur battait encore. Il la caressa et elle revint doucement à elle. Elle n'était qu'endormie. Sans doute lui avait-on administré un médicament pour qu'elle reste tranquille. Lynch la posa délicatement par terre et lui donna un peu d'eau. Elle lampa quelques gouttes, puis revint vers son maître en chancelant sur ses pattes. Le lécha avec tant d'amour qu'il se mit à croire que le Bon Dieu n'était pas qu'un rêve des hommes pour supporter la mort.

Il la prit de nouveau dans ses bras et la coucha dans le vieux fauteuil en cuir. Pendant une fraction de seconde, il revit son grand-père assis là, avec la petite chienne sur ses genoux. Il le regarda sourire et disparaître vers le miroir accroché au mur.

Tequila remuait la queue.

Comme poussé par une intuition, l'inspecteur alla à sa fenêtre et distingua une ombre sur le trottoir, à quelques mètres du réverbère. Celle de son frère. Du bout des lèvres, Lynch lui dit merci et lui fit un petit signe.

Franky disparut dans la nuit.

72

On retrouva le corps de Nicki près d'un foulard bleu entortillé comme un serpent sur le sable.

Alice s'était-elle enfuie ou avait-elle disparu dans les eaux profondes ?

La police ne retrouva pas sa trace. Mais son mari, si. Il l'obligea à avouer ses crimes avant de l'abattre d'une balle dans le cœur. Et envoya l'enregistrement à Lynch. Si Alice avait tué Clara, la prostituée, c'était par dégoût. Pour punir son salaud de mari qui l'avait trompée. Le voyeur du sous-marin était de la même race que ces hommes pourris qui avaient abusé d'elle quand elle était môme. Pareil pour le voisin accusé de pédophilie, mort dans l'explosion. Une saloperie. Tout comme ce pervers d'Arnaud. Mais là, le motif principal était le fric. Récupérer la collection de *netsuke* pour pouvoir s'assurer une vie tranquille au bout du monde. Ce qu'elle ne lui avoua pas, c'est qu'elle avait aussi tué ses deux autres maris. Meurtres maquillés en accidents. Elle s'en foutait de mourir. N'avait aucun remords. Les seuls moments de sa vie où elle s'était sentie vivante, c'était quand elle tuait.

Lorsque Luc lui avait demandé ce qu'elle avait fait

de son bébé, elle s'était mise à rire. C'est là qu'il avait tiré.

On ne retrouva jamais le corps d'Alice. Ni celui de son mari. Parti dans un pays où les femmes n'existent pas. Mais, avant de disparaître, il acheta une guirlande de Noël et l'enroula autour du corps de sa femme, puis le jeta très loin dans le fleuve Chao Praya. La nuit, les lumières se reflètent dans l'eau et lui donnent un air de fête. Elle aurait détesté ça !

Nicki était entre la vie et la mort. Lynch l'avait fait rapatrier à Pandore. Il allait la voir tous les jours. Et lui murmurait des mots d'amour. Que pouvait-il faire d'autre ? Il ne savait pas prier.

Ben, le clochard, avait lui aussi disparu. Personne ne parut s'en apercevoir. Comme s'il n'avait jamais existé ! *Parfois, certains ectoplasmes trouvent une brèche, un endroit où se glisser pour s'amuser encore un peu avec les vivants...* C'est ce qu'on raconte souvent aux enfants pour leur faire peur. Après tout, pourquoi pas ?

Il avait laissé sa redingote sur le pas de la porte de Nicki. Cadeau.

La doublure était déchirée. Dans sa poche, il y avait un bonbon rouge...

Qu'est-ce qu'il lui prend à mon maître ? Je ne vais plus me farcir le gros Tony Soprano. Il a rangé les DVD dans une armoire fermée à clef. Et il a jeté la clef par la fenêtre. Je l'ai vu ! Quel ouf, celui-là !

Mais bon, il prépare vachement bien la tequila ! Au début, j'me suis demandé s'il ne voulait pas m'empoisonner avec ça, vu qu'il avait essayé de me fourguer à ses potes avant de m'accueillir chez lui parce que personne ne voulait de moi. J'ai bu quand même. Autant terminer en beauté. Ça m'était égal de mourir, parce que j'étais heureuse, ici. Plus que chez la vieille peau. Presque aussi bien que chez mon premier maître, celui qui m'a élevée. Çui-là, je l'ai revu une fois. Par hasard, alors que mon nouveau maître se promenait avec moi dans le parc, en face de chez sa copine, celle qui sniffe les cadavres. Il était assis sur un banc. Sûr qu'il avait changé ! Ravagé le mec ! Ah çà, c'était plus le type nickel qui sentait bon et gueulait quand je sautais sur son beau costume. Malgré tout, je l'ai reconnu tout de suite. Un homme garde toujours son odeur. Qu'il soit roi ou clochard. Lui, par contre, ne m'a pas reconnue. J'ai cru pourtant, quand il m'a caressée.

Y avait quelque chose dans ses yeux. Un truc douloureux et du bonheur en même temps. Un mélange,
comme la tequila que mon maître tape sur la table.

Il avait une belle maison, une jolie femme qui faisait
des petits gâteaux, et un gamin ; un chieur qui me tirait
la queue et me fonçait dessus avec son vélo à trois
roues. Quand ils sont venus tuer tout le monde, j'ai pas
été triste pour le gosse. J'aurais dû, je sais. Mais il m'a
trop fait souffrir. Même qu'il s'est mis à me frapper...
Il faisait toujours ça quand ses parents ne le regardaient pas. Et c'est moi qui passais pour un sale
clébard parce que je couinais. Même que sa mère, elle
a dit un jour : « Va falloir s'en débarrasser de ce chien.
Il embête le petit et j'ai peur qu'il le morde. » C'est
grâce à son mari que j'ai pu rester. Il avait l'air de
tenir à moi malgré ses beaux costumes que j'abîmais
en lui sautant dessus pour manifester ma joie chaque
fois qu'il revenait. Parce qu'il faut pas croire, mais
nous, les chiens, quand vous partez, même pour pas
longtemps, on s'imagine plein de choses... Que vous
n'allez peut-être jamais revenir. Alors quand vous
poussez la porte, on est contents. Sauf ceux qui se font
battre. Eux, ils espèrent toujours que la porte restera
fermée.

Mais mon premier maître, il était gentil avec moi.
Des fois, il avait un os dans sa poche. Il avait l'air
d'être un monsieur très important et très riche. Quand
ils ont violé et tué sa femme, j'étais triste. À cause des
gâteaux. Il m'en filait des miettes sous la table. Elle
cuisinait bien la garce ! Si je suis toujours en vie,
c'est parce que je me suis cachée sous l'armoire du
salon. M'ont pas vue. Puis, ils ont tapé sur mon
maître. Là, j'ai bien failli surgir de ma cachette et

leur sauter dessus pour les mordre. Mais ils m'auraient réduite en bouillie. Ils avaient une hache et ils ont fait avec sa mégère et le gamin la même chose que ce qu'elle faisait avec le saucisson. Des rondelles. Ils tenaient mon maître et l'obligeaient à regarder le carnage. Il s'est évanoui. Puis ils ont pris plein de trucs qui brillent, avec les croutes qu'il y avait sur les murs. Rien que des merdes, puisque c'était même pas des dessins avec des chiens. Après avoir vidé les tiroirs, embarqué la vidéo et pris tout le pognon, ils ont traîné mon maître dehors. Moi, j'ai attendu un peu. Il faisait noir. Quand j'ai entendu le bruit de la grille au bout de l'allée, je suis sortie de ma cachette et je suis passée par la porte qui donne dans le jardin. Ils la laissaient toujours ouverte pour moi. Suis partie sans même sentir les morceaux de viande humaine éparpillés dans le salon. Je voulais voir où ils emmenaient mon maître.

Je l'ai retrouvé dans un terrain vague. Suis restée deux jours près de lui. Je pensais qu'il était mort. Toute façon, j'avais nulle part où aller. Je lui léchais le visage. Et je m'endormais près de lui. Mais je ne roupillais que d'un œil. Et je recommençais à le lécher. Jusqu'au moment où il s'est réveillé. Il était couvert de sang et il se tenait la tête en gémissant. Ça devait faire mal ! Il m'a regardée, et là, j'ai bien vu qu'il ne me reconnaissait pas. Ses yeux étaient vides. Comme si l'âme d'un mort habitait dans le corps d'un vivant. J'ai eu peur et je me suis enfuie. C'est alors que la vieille m'a recueillie. Ça puait, chez elle, mais au moins, je ne crevais pas de faim.

Ici, c'est le top ! Depuis que la renifleuse de cadavres n'est plus dans les compotes, on picole tous les soirs. C'est la fête ! J'ai bien mérité ça, parce que sincèrement j'ai eu une chienne de vie. Pour ça que je suis un peu dingo. Pour supporter les souvenirs. Tout le monde n'a pas la chance de devenir amnésique.

Je porte bien mon nouveau nom : Tequila frappée.

Mes plus vifs remerciements à Geneviève Perrin, mon éditrice, Paton, mon mec, François Sargologo, pour l'illustration de couverture que j'adore, Mathilde Walton, Camille Deforges, François Chasseré et tous ceux des éditions Belfond qui font vivre ce livre ; aussi à Stéphane Bourgoin et à la librairie Antigone à Gembloux, pour Magritte (un copain à nous)... et à Fabrice Gerber dont le chien qui « refoule du goulot » m'a inspiré Tequila.

Et, enfin, merci à mes fils de ne pas être traumatisés par une mère qui écrit des trucs pareils !

Composition et mise en pages
Nord Compo à Villeneuve-d'Ascq

Imprimé en France par **CPI**
en juin 2016
N° d'impression : 3017820

POCKET - 12, avenue d'Italie - 75627 Paris Cedex 13

Dépôt légal : juillet 2016
S23594/01